CONTES EN PROSE

W0371038

*Paru dans Le Livre de Poche :*

CONTES

CHARLES PERRAULT

# Contes en prose

*ÉDITION PRÉSENTÉE, ÉTABLIE ET ANNOTÉE PAR NADINE JASMIN*

LE LIVRE DE POCHE
*Libretti*

Nadine Jasmin est maître de conférences à l'université Marc Bloch – Strasbourg II. Elle a publié *Naissance du conte féminin. Mots et merveilles : les contes de fées de Madame d'Aulnoy (1690-1698)* chez Honoré Champion (2002), ainsi qu'une édition critique des contes de M^me^ d'Aulnoy (2004). Elle dirige l'édition, en vingt volumes (Honoré Champion), de la *Bibliothèque des génies et des fées*, vaste collection des contes merveilleux parus en France aux XVII^e^ et XVIII^e^ siècles.

© Librairie Générale Française, 2004.
ISBN : 978-2-253-08781-6 – 1^re^ publication LGF

# PRÉSENTATION

*Le plus (in)connu des « classiques »*

Les « contes de Perrault » : désignation familière à chacun d'entre nous depuis l'enfance, et qui renvoie d'emblée, dans notre imaginaire pétri de merveilleux, à quelques titres et personnages célèbres : le Petit Chaperon rouge, Cendrillon, la Barbe bleue, pour ne citer que les plus connus d'entre eux. Et pourtant ! Ce que la tradition désigne sous ce titre n'existe tout simplement pas, du moins sous une forme aussi simple, car ce sont, en quelque sorte, des contes sans recueil et sans auteur que ceux-ci. Contes sans recueil, d'abord, car les « contes de Perrault » sont nés de la juxtaposition de deux volumes distincts (les contes en vers puis les contes en prose), eux-mêmes parus sous des formes éditoriales variées. Œuvre, ensuite, sans auteur assuré, car le problème de la paternité des *Contes* se pose à double titre. Du père Charles ou du fils Pierre, la critique hésite encore, en effet, entre deux auteurs possibles. La dette envers la riche tradition populaire, par ailleurs, tend parfois à déposséder Perrault de son bien, « reversé » dans la vaste marmite des contes traditionnels ou celle de la littérature enfantine, à laquelle on ne saurait pourtant les réduire. Un succès paradoxal, donc, dont il faut retracer l'histoire. À commencer par celle de Perrault lui-même. Qui était l'auteur des *Contes* ?

*Une carrière politique et littéraire sous le Roi-Soleil*

Charles Perrault naît en 1628, à Paris, d'un père avocat au Parlement de Paris. C'est le dernier d'une famille de sept enfants, et des cinq frères qui formeront le « clan Perrault » : Jean, avocat comme son père, Pierre, receveur général des

Finances, Claude, architecte et médecin, Nicolas, docteur en théologie, Charles enfin, le « petit dernier » des frères Perrault. Étroite alliance de la fratrie : Charles publiera sa première œuvre en collaboration avec son frère Claude, tandis qu'il deviendra commis de son frère Pierre, puis fera nommer Claude secrétaire du « petit conseil du Louvre » (commission chargée d'élaborer un projet de façade du Louvre) et membre de la toute nouvelle Académie des sciences. Comme ses frères, par ailleurs, il entre jeune au collège de Beauvais, y menant de brillantes études, précocement interrompues mais poursuivies, à partir de 1643, en autodidacte.

C'est le début d'une double carrière, littéraire et politique. Fidèle serviteur de la monarchie, Perrault est en effet l'homme d'un régime et d'un roi. Vingt ans durant, il sert la politique de Colbert, « premier ministre » de Louis XIV alors en pleine gloire monarchique. Commis de son frère Pierre passé receveur général des Finances de 1654 à 1663, il entre à cette date au service de Colbert, dont il devient rapidement l'homme de confiance. Accumulant charges et pensions, il est d'abord commis du puissant ministre, puis secrétaire de la « Petite Académie » (future Académie des inscriptions et belles-lettres). Promu en 1665 premier commis des Bâtiments royaux, il entre en 1671 à l'Académie française, qu'il contribue à réformer. Il s'intéresse également à l'Académie de peinture et de sculpture, à l'Académie des sciences, ainsi qu'à celle d'architecture. Élu chancelier de l'Académie française en 1671, il devient « contrôleur général des Bâtiments et Jardins, Arts et Manufactures de France ». Familier de Colbert, Perrault a ses entrées chez le ministre, comme à Versailles. Mais à partir de 1676, ses relations avec Colbert s'assombrissent. À la mort de celui-ci, en 1683, son remplaçant Louvois lui retire charges et pensions. Après vingt ans de services, Perrault se retrouve, à cinquante-cinq ans, en « retraite forcée ».

Coïncidence ? Au moment où décline sa carrière politique, Perrault s'implique dans une vie familiale. C'est en 1672, à quarante-quatre ans, qu'il épouse Marie Guichon alors âgée de dix-neuf ans. Elle lui donne quatre enfants, dont trois garçons en 1675, 1676 et 1678. C'est à Pierre, le dernier-né, que se verront d'ailleurs attribués les *Contes*. Mais en 1678, après six ans de mariage, Perrault perd sa femme et se retrouve veuf avec quatre enfants. Il suit de près leur éducation, allant jusqu'à s'installer dans le quartier parisien des collèges. S'il quitte ainsi la sphère publique au profit de la sphère privée, son activité littéraire, en revanche, ne s'interrompt jamais.

Très tôt en effet, Perrault s'adonne à la littérature, dans les genres et les styles les plus variés : d'abord dans le registre comique, avec une œuvre burlesque écrite en collaboration avec son frère Claude, et publiée en 1653. C'est ensuite la veine galante qui l'occupe : dialogues, rondeaux, portraits, métamorphoses, autant de petits genres littéraires alors en vogue dans les salons. Il pratique également la littérature de circonstance, d'éloge notamment, avec des odes à la gloire du roi (Louis XIV, le futur Roi-Soleil). Il célèbre ainsi la paix des Pyrénées en 1659, le mariage du roi en 1660, la naissance du Dauphin en 1661. Inlassablement d'ailleurs, Perrault ne cessera de célébrer les splendeurs du règne et la grandeur du roi – même après avoir été déchu de ses fonctions politiques.

À partir de 1683, il se tourne vers la poésie religieuse qu'il décline sous diverses formes. Mais la ferveur n'exclut pas la combativité, et le polémiste croise le fer, à plusieurs reprises, avec les « Anciens » : Huet, Racine et surtout Boileau, farouche adversaire du « clan Perrault ». La lecture à l'Académie française, le 27 janvier 1687, du *Siècle de Louis le Grand*, poème de Perrault visant à démontrer la supériorité des « Modernes » (le XVIIe siècle) sur les « Anciens » (l'Antiquité gréco-latine), suscite l'irritation de Boileau et met le feu aux poudres : la « querelle des Anciens et des Modernes » vient de commencer. Perrault se lance dans la bataille avec la parution, à partir de 1688 (puis 1690, 1692 et 1697), du *Parallèle des Anciens et des Modernes*. Boileau riposte en 1694, dans ses *Œuvres diverses*, par des traités et des épigrammes. Boileau publie-t-il, en 1694, une satire contre les femmes ? Perrault réplique aussitôt par une vigoureuse *Apologie des femmes*. Mais les deux adversaires se réconcilient publiquement à l'été 1694, grâce à l'entremise, en particulier, de l'habile Racine. C'est dans ce contexte que paraissent, dans la décennie 1690, les fameux *Contes* de Perrault. Qu'en est-il exactement ?

*Une double ambiguïté : l'auteur et ses recueils*

Que sont au juste les *Contes* de Perrault ? Une œuvre composite, assemblage tardif de deux recueils séparés parus, qui plus est, sous des formes variées. Publié en 1694, le premier recueil est lui-même le fruit de la juxtaposition de trois contes, comme l'indique son titre à rallonge : *Grisélidis, nouvelle. Avec le conte de Peau d'Âne, et celui des Souhaits ridicules*. « Grisélidis » est d'abord lue à l'Académie française le 25 août 1691, puis publiée la même année à deux reprises (dans le *Recueil* de l'Académie, ainsi qu'en édition séparée). « Les Souhaits ridicules » paraît pour sa part en novembre 1693 dans *Le Mercure galant*, célèbre revue mondaine et littéraire fondée en 1674. Le conte de « Peau d'Âne », enfin, ne connaît (probablement) pas d'édition séparée avant la publication conjointe des trois contes. Le recueil est immédiatement republié, la même année, dans un ouvrage collectif ainsi que dans une deuxième et troisième édition, augmentée d'une importante préface théorique. Il est encore republié l'année suivante (en 1695, donc) dans une quatrième édition. Tel est le premier recueil, celui des contes en vers (non reproduit dans cette édition).

Le second recueil paraît en deux temps : d'abord sous forme manuscrite, en 1695, puis en librairie deux ans plus tard. La version manuscrite s'intitule *Contes de ma mère Loye* (ma mère l'Oie), et contient cinq contes en prose précédés d'une épître : « La Belle au bois dormant », « Le Petit Chaperon rouge », « La Barbe bleue », « Le Maître Chat ou le Chat botté » et « Les Fées ». « La Belle au bois dormant » paraît également, avec des variantes, dans *Le Mercure galant* de février 1696, ainsi que dans un recueil collectif. En 1697 enfin, sont publiées les *Histoires ou Contes du temps passé. Avec des Moralités*, contenant les cinq contes en prose précédemment cités, complétés de « Cendrillon, ou la Petite

Pantoufle de verre », « Riquet à la houppe » et « Le Petit Poucet ». Ce recueil est aussitôt réédité, sans compter sa reprise dans un recueil collectif... et ses contrefaçons hollandaises en 1697, 1698, 1700, etc. C'est en 1781 seulement que sont réunis les deux recueils originels de Perrault, celui des contes en vers et celui des contes en prose, auxquels s'ajoute une version en prose, souvent reprise (à tort, comme étant de Perrault), de « Peau-d'Âne ».

Telle est l'histoire, relativement compliquée, de ces textes parus sous tant de formes en l'espace de six ans : publication séparée, parution dans une revue, dans un recueil collectif ou dans un recueil autonome. Mais la question de leur attribution ne semble guère plus simple que celle de leur édition. La critique s'est longtemps interrogée, en effet, sur la paternité des *Contes*. Charles ou Pierre ? Le père ou le fils ? Le vieil académicien ou le jeune lieutenant ? Sans entrer dans le détail des arguments en faveur de l'un ou de l'autre, exposons-les rapidement. De part et d'autre, divers indices ou témoignages vont tantôt dans un sens, tantôt dans l'autre. Au crédit du fils, on relèvera notamment la dédicace et le privilège du recueil en prose, signés P. D. (Pierre Darmancour), ainsi qu'une allusion, chez des familiers de la famille Perrault, au « jeune conteur » occupant « les loisirs de son enfance » (il a dix-neuf ans tout de même) à composer « son agréable recueil de contes ». Au crédit du père, on versera les lettres de certains proches qui lui attribuent le recueil, mais aussi les mentions (récurrentes) de l'éditeur, du *Mercure galant* ou d'écrivains contemporains, qui désignent sans hésitation Charles Perrault comme l'auteur des contes.

Qu'en conclure ? S'il demeure impossible de trancher en toute certitude, les références à Pierre Darmancour semblent cependant réduites et relativement formelles. Beaucoup plus plausible apparaît en revanche l'hypothèse de la paternité de Charles Perrault, qui n'exclut pas une collaboration partielle – pratique courante à l'époque dans les salons et le cercle des proches. De ce point de vue, l'exceptionnelle réussite des *Contes* de Perrault ne saurait masquer, plus largement, leur double appartenance : à la tradition populaire orale ; à la mode du conte de fées qui fleurit en France dans la dernière décennie du XVII^e^ siècle. Replaçons-les dans cette double perspective.

*Le creuset de la tradition populaire*

Les contes de Perrault ne sortent pas seulement de l'imagination de leur auteur. S'ils naissent de sa plume, ils s'inscrivent dans une tradition beaucoup plus vaste, celle des contes populaires qui se transmettent oralement, depuis « la nuit des temps », dans toutes les sociétés du monde. Souple et mouvante, cette tradition ne sera recueillie par écrit, pour la France, qu'au cours des XIX^e^ et XX^e^ siècles, ce qui ne facilite guère la tâche du critique soucieux de reconstituer les « sources » orales de Perrault. Le catalogue de toutes les versions recensées du conte populaire français[1] permet cependant de replacer les *Contes* dans le creuset de la tradition dont ils proviennent. Perrault « n'invente » en effet, à proprement parler, aucun de ses contes : presque tous sont issus, à des degrés divers, du folklore, auquel ils empruntent tantôt des motifs isolés, tantôt des épisodes narratifs, tantôt leur déroulement complet, suivant alors ce que les folkloristes appellent un « conte-type », enchaînement de séquences narratives suivant un ordre déterminé. Les personnages, au même titre que le récit, relèvent du fonds populaire : ogres, loups, mauvaises fées et bonnes marraines, cadets débrouillards et femmes vertueuses (ou malignes) peuplent le conte de leurs silhouettes familières.

Est-ce à dire, pour autant, que Perrault n'invente rien, et qu'il n'est, comme le suggèrent certains critiques au XIX^e^ siècle (Sainte-Beuve en tête), que le simple transcripteur, le modeste collecteur de l'humble mais précieuse tradition orale ? Certes, Perrault lui-même semble accréditer la thèse du collecteur de « contes de vieilles » ou « contes bleus, contes à la cigogne, contes de ma mère l'Oie », comme on les appelle au XVII^e^ siècle. Mais ce serait là une

1. P. Delarue et M.-L. Tenèze, *Le Conte populaire français. Catalogue raisonné des versions de France*, nouvelle éd. en un seul volume, Paris, Maisonneuve et Larose, 2002.

vision simpliste et réductrice du travail de l'écrivain et de la singularité de son œuvre.

Perrault n'adapte, en premier lieu, qu'une petite dizaine de contes au sein du vaste répertoire des contes populaires français – plusieurs centaines de contes-types, dont les contes merveilleux ne constituent qu'une partie, à côté des contes facétieux, des contes d'animaux, des contes chrétiens, etc. Perrault sélectionne donc, en fonction de ses goûts, de ses visées et de sa propre connaissance du folklore, les récits qu'il choisit de faire figurer dans ses recueils. En second lieu, il ne se contente nullement de transcrire les contes qu'il a recueillis, mais il les adapte, les façonne, les remodèle selon ses impératifs esthétiques et socioculturels : les « contes du terroir » ne sont pas à mettre entre toutes les mains (ou toutes les oreilles) et les grandes dames, les mondains et les salonnières qui constituent le public de Perrault ne sauraient apprécier la verte rusticité des authentiques contes populaires. D'où les adaptations narratives et stylistiques subies, malgré leur apparente simplicité, par les contes de Perrault. À ce titre, ils relèvent, tout autant que du patrimoine folklorique, d'un véritable jeu de salon : la mode du conte de fées qui fleurit à la fin du « Grand Siècle ».

*La mode du « conte de fées littéraire français »*

Omniprésent dans toutes les cultures du monde, le merveilleux, certes, ne s'invente pas au XVII^e^ siècle. Depuis l'Antiquité (pour la seule littérature occidentale), il suscite toutes sortes de récits (mythes, légendes, contes...) qui parviennent, sous des formes variées, jusqu'au « Grand Siècle ». Féru de merveilleux, le XVII^e^ siècle présente cependant la particularité de se passionner, dans son dernier tiers, pour le genre du conte de fées. Non sans médiations, toutefois : entre le fonds populaire et les contes littéraires des contemporains de Perrault, s'impose le relais de deux recueils italiens : d'abord celui de Straparole, dont *Les Nuits facétieuses* paraissent à Venise en 1550-1553 ; puis celui de Basile, dont *Le Conte des contes* paraît à Naples en 1634-1636. Traduits en français (pour le premier), souvent réédités, les deux recueils font découvrir au public français la saveur, rustique chez Straparole, extraordinairement imagée chez Basile, du riche patrimoine populaire des contes. Ce répertoire à la fois lointain et familier, fruit d'une tradition accessible et vivante, Perrault et ses confrères (ses consœurs, surtout) vont à leur tour se l'approprier, l'accommoder et le faire circuler, sous des formes diverses.

C'est une véritable mode, en effet, qui s'empare alors des salons, voire de la Cour. Bien avant d'être publié, le conte de fées représente l'un des divertissements de la bonne société, comme en témoigne une lettre de M^me^ de Sévigné, évoquant en 1677 « les contes avec quoi l'on amuse les dames de Versailles ». Mais il faut attendre 1690 pour que M^me^ d'Aulnoy, romancière et conteuse de la fin du XVII^e^ siècle, insère dans l'un de ses romans le premier « conte de fées littéraire français » reconnu comme tel. C'est le signal : en l'espace d'une décennie paraissent près de quatre-vingt-dix contes de fées, sous la plume d'une dizaine de conteurs et conteuses. Les années 1697-1698 sont particulièrement fécondes : huit volumes de contes de M^me^ d'Aulnoy, le recueil de Perrault, ceux de M^lle^ de La Force, M^me^ de Murat, Préchac et le chevalier de Mailly. Soit, au total, pas moins de quatorze recueils et soixante contes en deux ans[1].

Qu'on ne s'y trompe pas cependant : il ne s'agit nullement, pour les auteurs de la période, de « revenir aux sources » du conte populaire. Leur pratique du conte de fées est avant tout celle d'un jeu de salon : plaisant loisir entre gens de bonne compagnie qui s'amusent au conte, comme ils s'amusaient auparavant au genre littéraire du portrait, de l'énigme, du rondeau ou des bouts-rimés (poèmes improvisés sur des rimes imposées). Le témoignage de M^lle^ Lhéritier, familière de Perrault, l'atteste très clairement : alors qu'elle se trouvait dans une « compagnie de personnes d'un mérite distingué », « la conversation tomba sur les poèmes, les contes et les nouvelles. [...] On en raconta

1. Pour la liste exhaustive des contes de fées parus de 1690 à 1709, consulter l'ouvrage de Raymonde Robert, *Le Conte de fées littéraire en France de la fin du XVII^e^ à la fin du XVIII^e^ siècle*, Champion, 2002, p. 75-77.

quelques-uns et cela engagea insensiblement à en raconter d'autres. Il fallut en dire un à mon tour ». Suit le conte de « Marmoisan », d'ailleurs offert à M^lle^ Perrault, sœur du fameux Pierre Darmancour dont la conteuse cite l'« agréable recueil », auquel elle suggère de joindre son propre conte.

On ne s'étonnera pas, dans ces conditions, que les contes circulent oralement ou sous forme de manuscrits, grâce aux revues ou aux recueils, ni qu'ils soient lus dans le cercle étroit des salons ou dans celui, plus large mais toujours sélectif, du public (parisien, de préférence) des mondains du temps. Ainsi s'explique également la présence de nombreux contes « en doublet », fruits d'une concurrence amicale sur un sujet donné. Le conte de « Riquet à la houppe » est ainsi traité conjointement par Perrault, par Catherine Bernard (romancière, dramaturge et poétesse de la fin du siècle) et par M^lle^ Lhéritier sous le titre « Ricdin-Ricdon ». « Les Fées » doit être mis en parallèle avec un conte de M^lle^ Lhéritier, tandis qu'un conte de M^me^ d'Aulnoy amalgame (au féminin) les contes de « Cendrillon » et du « Petit Poucet ». Perrault n'est donc, semble-t-il, qu'un représentant parmi d'autres de l'intense vogue éditoriale qui s'empare alors des salons. Et pourtant... L'indéniable singularité de son œuvre n'a-t-elle pas permis à Perrault seul de se détacher du reste de la production de son temps ? Et ses *Contes* ne sont-ils pas devenus, de ce fait, « l'arbre qui cache la forêt » du conte littéraire et du conte populaire ? Quelle est la recette d'un tel succès ? Et que représentent, au fond, les *Contes* pour leur auteur ?

*Modernité d'un genre nouveau*

Les contes ne constituent pas seulement, pour Perrault, un agréable passe-temps. Ils s'inscrivent également, de manière discrète mais efficace, dans les batailles du temps, en particulier la Querelle des Anciens et des Modernes qui passionne l'académicien. Faire le choix d'écrire des contes, dans le contexte littéraire de l'époque, n'est en effet nullement anodin. « Petit genre » dans la hiérarchie littéraire du XVII^e^ siècle (d'abord l'épopée et l'Histoire, puis la tragédie et la comédie, enfin les genres mineurs : fable, poésie, roman...), le conte ne peut espérer conquérir ses (modestes) lettres de noblesse qu'à deux conditions : rivaliser avec ses modèles antiques ; faire œuvre morale d'instruction. C'est ce qu'affirme, sur le mode polémique, la Préface du recueil des contes en vers qui consacre la supériorité des contes « que nos aïeux ont inventés pour leurs enfants » sur « la plupart des contes anciens », au nom de la (bonne) morale qui régirait les premiers, mais non les seconds. S'adonner au conte, c'est donc promouvoir un genre moderne, une littérature nationale (« gauloise », dirait la conteuse M^lle^ Lhéritier), apte à soutenir la comparaison avec les modèles antiques tenus pour insurpassables par les tenants des « Anciens ».

On comprend mieux, dans ce contexte, que Perrault souligne la visée didactique de l'œuvre. De la Préface des contes en vers à l'épître des contes en prose, du titre du recueil (*Histoires [...] avec des Moralités*) à la « moralité » qui clôt chaque récit (trait spécifique aux contes littéraires : les contes populaires n'en comportent pas), Perrault ne cesse d'afficher sa volonté d'instruction. Édifier le lecteur, lui transmettre une « morale utile », une « moralité louable et instructive », tel est le leitmotiv des *Contes*. Corollaire de ce parti pris pédagogique : le destinataire enfantin auquel Perrault prétend s'adresser, ces « âmes innocentes » auxquelles il convient de présenter des « vérités solides » sous le voile agréable d'un « récit enjoué ». Ainsi se met en place le « mythe » d'une transmission exclusivement féminine et familiale du conte, tel « Peau d'Âne » « conté tous les jours à des enfants par leurs gouvernantes et par leurs grands-mères », par de sages nourrices et de tendres « mies »... Mais c'est là, en vérité, une singulière réduction ou distorsion de la réalité du conte : loin de se réduire au public enfantin, les contes populaires s'adressent *d'abord* aux adultes qui se les racontent entre eux, dans la sphère familiale et domestique, mais dans bien d'autres cadres également (aux champs, au lavoir, à l'armée...). Les hommes, d'autre part, racontent autant que les femmes, puisant dans un répertoire souvent plus complexe que celui des conteuses. Perrault, on le voit, sacrifie donc, « pour les besoins de la cause », à l'imagerie idéalisée d'une humble et pieuse transmission du conte (de bouche de femme à oreille d'enfant), plutôt qu'à une réalité certes plus riche et complexe.

Tels sont du moins les grands principes énoncés par l'académicien. La pratique, comme toujours, est bien plus souple et diversifiée. En premier lieu parce que Perrault, quoi qu'il en ait, n'écrit pas seulement, ou pas en priorité pour les enfants. Que les *Contes* soient accessibles, voire adaptés au public enfantin, est un fait indéniable. Qu'ils s'y réduisent serait en revanche une contrevérité. Les modes de publication précédemment évoqués, la simple histoire du texte, donc, contredit l'assimilation des contes de Perrault à de la « littérature enfantine », catégorie au demeurant délicate à cerner, au XVII^e^ siècle en particulier. Les dédicataires explicites des contes ne sont d'ailleurs pas des enfants : « Peau d'Âne » est dédiée à la marquise de Lambert, célèbre femme du monde alors âgée de quarante-sept ans, tandis que Mademoiselle, la destinataire de l'épître du recueil en prose, entre dans sa vingt-deuxième année. C'est qu'il s'agit, avant tout, de plaire aux lecteurs, ou plutôt aux lectrices friandes de ces « petits genres » méprisés par les doctes lettrés : les romans et les contes.

### *Des contes mondains et galants*

Aussi les *Contes* relèvent-ils, au même titre que d'autres écrits du temps, de ce qu'on appelle alors la littérature « galante ». Destinée au public mondain des salons, elle mêle souvent (pour aller vite) goût du romanesque, thématique sentimentale ou morale et ton badin : savant mélange de profondeur et de légèreté, de réflexion et d'« esprit de joie » (formule de M^lle^ de Scudéry, célèbre romancière, praticienne et théoricienne de « l'air galant » qui définit cette littérature et cette société). Or les *Contes*, à leur manière, s'inscrivent dans ce courant galant qui baigne la seconde moitié du XVII^e^ siècle, et dont ils adoptent certains des maîtres mots : nouveauté, variété, gaieté (qui définissaient également les fameuses *Fables* de La Fontaine).

Ainsi s'explique par exemple l'étonnante diversité des contes de Perrault : contes en vers puis en prose, avec une ou deux moralités, très brefs (soixante lignes pour « Le Petit Chaperon rouge ») ou plus développés (près de mille vers pour « Grisélidis »). La diversité des tons n'est pas moins frappante : registre pastoral dans « Grisélidis », burlesque et quasi grivois dans « Les Souhaits ridicules », précieux dans « Peau d'Âne », galant dans « Riquet à la houppe », dramatique et pathétique dans « La Barbe bleue »... La conduite du récit varie de même, dans sa structure notamment : les épisodes sont tantôt binaires (« Les Fées ») tantôt ternaires (« Les Souhaits ridicules »), se répétant à l'identique (« Le Petit Chaperon rouge ») ou selon de subtiles variations (les bals dans « Cendrillon »), présentant un dénouement heureux ou (plus rarement) malheureux. Le rythme du récit oscille entre accélérations dramatiques (le retour de la Barbe bleue, la dévoration du Petit Chaperon rouge), pauses descriptives (« Peau d'Âne », « Grisélidis ») et dialogues pathétiques (« La Barbe bleue »). Bref, toutes les ressources de l'art du récit sont sollicitées pour animer et diversifier la matière narrative qui est également égayée par la voix malicieuse du conteur.

L'humour et l'ironie tiennent en effet une place importante dans les *Contes*. Tout au long du récit affleure, par touches légères ou plus appuyées, le sourire du conteur qui se moque des femmes coquettes et des rois crédules, des paysans bornés et des amants candides. Le merveilleux n'est pas épargné : Perrault s'en distancie avec enjouement, par une feinte rationalisation (les souris changées en chevaux « d'un beau gris de souris pommelé »), par des remarques triviales (« les bottes de sept lieues fatiguent fort leur homme »), voire par une franche mise en doute du pouvoir des fées (« Quelques-uns assurent que ce ne furent point les charmes de la Fée qui opérèrent »). L'humour noir trouve sa place (« habiller » le Petit Poucet et ses frères, au sens vestimentaire et culinaire : préparer la viande), mais c'est la fine gaieté qui l'emporte généralement.

Celle-ci s'aiguise sous le regard du moraliste, au sens premier d'observateur des mœurs contemporaines. C'est tout le XVIIe siècle qui défile en effet dans les *Contes*, avec ses hiérarchies sociales, ses riches et ses pauvres, ses forts et ses faibles, ses grands seigneurs et ses manants (souvent gagnants, d'ailleurs). Du palais à la chaumière, du château au moulin, de la cour au village, le conteur dresse le constat du monde comme il va, avec ses ambitieux et ses intrigants, ses filous et ses naïfs, ses méchants et ses débrouillards. Le regard est lucide autant qu'amusé. Il suscite à l'occasion la connivence du lecteur appelé à s'égayer de tel détail contemporain, incongru dans le contexte de l'humble conte de fées (telle la mention, dans « Cendrillon », de la « bonne coiffeuse » et de la « bonne Faiseuse », accessoiristes de mode qu'il faudrait comparer, toutes proportions gardées, à quelques grands noms de la mode parisienne). La voix du moraliste n'est pas incompatible, cependant, avec un style souvent qualifié (improprement) de « populaire » ou de « naïf », style dont il faut préciser les traits.

*Des contes « naïfs » ?*

Si les contes de Perrault empruntent à la tradition populaire orale, ils n'ont rien de « populaire », pour autant, dans leur style. Qu'on se reporte à d'authentiques transcriptions orales de contes dans le catalogue des contes populaires français, et l'on mesurera toute la distance qui les sépare du subtil processus d'écriture par lequel passent les récits de Perrault. Ils ne sont donc ni « simples » ni « naïfs ». Ou plutôt si, mais d'une simplicité qui est le fruit de l'art, d'une naïveté sciemment recherchée, unanimement recommandées par les théoriciens et praticiens du conte. « Soyez simple avec art », proclamait déjà Boileau. « La naïveté bien entendue n'est pas sue de tout le monde », renchérit Mlle Lhéritier, approuvée par le docte abbé de Villiers : « Il faut être habile pour bien imiter la simplicité [des nourrices], cela n'est pas donné à tout le monde. » Nul n'est dupe, donc, de ce « tour naïf » génialement pratiqué par Perrault (dans « Le Petit Chaperon rouge », par exemple), ni des déclarations (indirectes) du conteur sur le sujet : il n'aurait, à l'en croire, « fait autre chose que de rapporter naïvement [ces récits] en la manière qu'il les a ouïs conter dans son enfance ». Reste que les *Contes* demeurent marqués, tant dans leur « matière » que leur « manière » (pour reprendre les termes de Perrault), du sceau de cette simplicité affichée qui les démarque du reste de la production contemporaine, beaucoup plus romanesque et sophistiquée dans l'ensemble. Les *Contes* rejoignent ainsi, à leur manière, l'exigence typiquement classique du naturel et de la sobriété.

Peu d'exubérance, en effet, dans les contes de Perrault. Le merveilleux y demeure étroitement circonscrit : quelques fées, des ogres, des animaux doués de parole (le Chat botté) ou de dons curieux (l'âne qui crotte de l'or dans « Peau d'Âne ») ; çà et là, quelques objets magiques : les bottes de sept lieues, la clef « fée » ; de rares métamorphoses (l'attirail du bal dans « Cendrillon »). On est bien loin, pour ne citer qu'elle, de M^me^ d'Aulnoy dont l'imagination foisonnante déborde d'inventions merveilleuses. Surgissent cependant parfois, au détour du récit, des scènes et des images fortes qui s'impriment dans la mémoire du lecteur : la galerie des femmes égorgées, les enfants perdus dans la forêt ou l'imaginaire de la nourriture, omniprésent dans les *Contes*, obsédés par la thématique alimentaire (manger ou être mangé, famine et dévoration, festins et disettes, eaux pures et vins d'ivresse...). Ces images sont d'autant plus frappantes et brutales qu'elles sont rares. Nul doute qu'elles participent au mystérieux attrait, toujours vivace, des contes de Perrault.

### *Un succès paradoxal*

Chef-d'œuvre de la période dite « classique », les contes de Perrault connaissent, depuis leur parution, un incroyable succès. En témoignent depuis trois siècles leurs innombrables rééditions : plus de mille recensées par la seule Bibliothèque nationale de France, sans compter les très nombreuses autres formes prises par les contes. Portés à la scène (comédie, ballet, vaudeville[1]...), à l'écran (la version de

1. Pour le recensement, conte par conte, de ces adaptations, voir l'ouvrage de Marc Soriano, *Charles Perrault, Contes*, Flammarion, 1989, p. 508-515.

« Peau d'Âne » de Jacques Demy avec Catherine Deneuve, les dessins animés de Walt Disney...), les contes de Perrault sont également repris par le commerce et la publicité, inlassablement récupérés ou pastichés dans tous les domaines. Mais ce succès risque en un sens de coûter cher à Perrault et à l'œuvre elle-même. À Charles Perrault en premier lieu, car l'extraordinaire popularité de ses contes tend paradoxalement à faire oublier qu'il en est *l'auteur*. Cette méconnaissance est en outre aggravée par la confusion (fréquente) avec l'œuvre des frères Grimm, en particulier dans le cas de contes communs, tel « Le Petit Chaperon rouge », plus connu dans la version (à fin heureuse) des Grimm que dans celle (malheureuse) de Perrault.

L'œuvre littéraire elle-même pâtit parfois de son succès, qui la dénature de diverses manières. Très largement récupérés par la littérature enfantine, les contes de Perrault s'y voient réécrits, simplifiés, privés de leurs « moralités » ou détachés de leur contexte (préface, épître, recueil intégral). Les adaptations populaires, de même, tendent à les déformer et les refondre dans le vaste fonds commun de la littérature de colportage (la « Bibliothèque bleue », du XVII^e^ au XIX^e^ siècle), de la tradition française orale ou du patrimoine mondial des contes. La vulgarisation des recueils de Perrault présente donc le double risque (sur le plan littéraire) de la dépossession et de la déformation, voire de l'appauvrissement des textes originels, si subtilement savoureux. À l'inverse cependant, l'immense succès des contes de Perrault a souvent limité l'accès du public à l'énorme masse des contes folkloriques d'une part, des contes littéraires d'autre part, qui constituent, on l'a vu, la face immergée de l'iceberg. On ne saurait nier, enfin, que l'étonnante plasticité des formes, l'incroyable diversité des éditions, des reprises et des adaptations des contes de Perrault, n'aient assuré leur éclatante survie auprès de tous les publics.

Nadine JASMIN.

## NOTE SUR L'ÉTABLISSEMENT DU TEXTE

Nous avons reproduit le second tirage de l'édition des *Histoires, ou Contes du temps passé*, parue chez Claude Barbin en 1697. L'orthographe a été modernisée, la présentation des noms propres unifiée. Nous avons en revanche conservé les nombreuses majuscules introduites par Perrault. La ponctuation n'est que très légèrement retouchée, sauf dans les dialogues, modernisés dans leur présentation (guillemets et tirets). Les paragraphes originels ont été respectés. Les notes s'appuient, pour l'élucidation du vocabulaire et des références à la société du temps, sur le *Dictionnaire universel* d'Antoine Furetière (1690 et 1694 ; rééd. Le Robert, 1984). La référence à ce dictionnaire est abrégée dans les notes par la mention F. Nous citons à défaut le *Dictionnaire de l'Académie française* (paru chez Coignard en 1694).

# Histoires
# ou
# Contes du temps passé

*Avec des Moralités*

Frontispice des *Histoires ou Contes du temps passé*,
de Clouzier, Paris, 1697

# La Belle au bois dormant

## *Conte*

Il était une fois un Roi et une Reine, qui étaient si fâchés de n'avoir point d'enfants, si fâchés qu'on ne saurait dire. Ils allèrent à toutes les eaux[1] du monde, vœux, pèlerinages, menues dévotions, tout fut mis en œuvre, et rien n'y faisait. Enfin pourtant la Reine devint grosse, et accoucha d'une fille : on fit un beau Baptême ; on donna pour Marraines à la petite Princesse toutes les Fées qu'on put trouver dans le Pays (il s'en trouva sept), afin que chacune d'elles lui faisant un don, comme c'était la coutume des Fées en ce temps-là, la Princesse eût par ce moyen toutes les perfections imaginables. Après les cérémonies du Baptême toute la compagnie revint au Palais du Roi, où il y avait un grand festin pour les Fées. On mit devant chacune d'elles un couvert[2] magnifique, avec un étui d'or massif, où il y avait une cuillère, une fourchette, et un couteau de fin or, garni de diamants et de rubis. Mais comme chacun prenait sa place à table, on vit entrer une vieille Fée qu'on n'avait point priée[3] parce qu'il y avait plus de cinquante ans qu'elle n'était sortie d'une Tour, et qu'on la croyait morte, ou enchantée[4]. Le Roi lui fit donner un couvert, mais il n'y eut pas moyen de lui donner un étui d'or massif, comme aux autres, parce que l'on n'en avait fait faire que sept pour les sept Fées. La vieille

---

**1.** Les « eaux » désignent les stations thermales de l'époque. Certaines sont particulièrement réputées pour leurs vertus fertiles. **2.** « Signifie aussi la nappe, la couverture de la table, et encore plus particulièrement ce qui sert à chacun des conviés [convives], comme l'assiette, la serviette, la cuillère, le couteau et la fourchette » (F). **3.** Invitée. **4.** Victime d'un enchantement.

crut qu'on la méprisait, et grommela quelques menaces entre ses dents. Une des jeunes Fées qui se trouva auprès d'elle l'entendit, et jugeant qu'elle pourrait donner quelque fâcheux don à la petite Princesse, alla dès qu'on fut sorti de table se cacher derrière la tapisserie[1], afin de parler la dernière, et de pouvoir réparer autant qu'il lui serait possible le mal que la vieille aurait fait. Cependant les Fées commencèrent à faire leurs dons à la Princesse. La plus jeune lui donna pour don qu'elle serait la plus belle personne du monde, celle d'après qu'elle aurait de l'esprit comme un Ange, la troisième qu'elle aurait une grâce admirable à tout ce qu'elle ferait, la quatrième qu'elle danserait parfaitement bien, la cinquième qu'elle chanterait comme un Rossignol, et la sixième qu'elle jouerait de toutes sortes d'instruments dans la dernière perfection[2]. Le rang[3] de la vieille Fée étant venu, elle dit en branlant la tête, encore plus de dépit que de vieillesse, que la Princesse se percerait la main d'un fuseau[4], et qu'elle en mourrait. Ce terrible don fit frémir toute la compagnie, et il n'y eut personne qui ne pleurât. Dans ce moment la jeune Fée sortit de derrière la tapisserie, et dit tout haut ces paroles : « Rassurez-vous, Roi et Reine, votre fille n'en mourra pas ; il est vrai que je n'ai pas assez de puissance pour défaire entièrement ce que mon ancienne a fait. La Princesse se percera la main d'un fuseau ; mais au lieu d'en mourir, elle tombera seulement dans un profond sommeil qui durera cent ans, au bout desquels le fils d'un Roi viendra la réveiller. » Le Roi, pour tâcher d'éviter le malheur annoncé par la vieille, fit publier aussitôt un Édit, par lequel il défendait à toutes personnes de filer au fuseau ni d'avoir des fuseaux chez soi sur peine de la vie. Au bout de quinze ou seize ans, le Roi et la Reine étant allés à une

**1.** « Pièce d'étoffe [...] qui sert à parer une chambre, à en cacher les murailles » (F). La fée se cache donc derrière une tenture murale. **2.** De tels dons dessinent le portrait de la parfaite mondaine, destinée à briller à la Cour et dans les salons. L'esprit et la grâce, en particulier, sont des valeurs essentielles dans la bonne société du XVII^e siècle. **3.** Tour. **4.** Le fuseau apparaît comme l'un des attributs caractéristiques des fées, héritières des Parques antiques qui tissent le fil de la vie et de la mort des hommes.

de leurs Maisons de plaisance, il arriva que la jeune Princesse courant un jour dans le Château, et montant de chambre en chambre, alla jusqu'au haut d'un donjon dans un petit galetas[1], où une bonne Vieille était seule à filer sa quenouille. Cette bonne femme[2] n'avait point ouï parler des défenses que le Roi avait faites de filer au fuseau. « Que faites-vous là, ma bonne femme ? dit la Princesse. – Je file, ma belle enfant, lui répondit la vieille qui ne la connaissait pas. – Ah ! que cela est joli, reprit la Princesse, comment faites-vous ? Donnez-moi que je voie si j'en ferais bien autant. » Elle n'eut pas plus tôt pris le fuseau, que comme elle était fort vive, un peu étourdie, et que d'ailleurs l'Arrêt des Fées l'ordonnait ainsi, elle s'en perça la main, et tomba évanouie. La bonne vieille, bien embarrassée, crie au secours : on vient de tous côtés, on jette de l'eau au visage de la Princesse, on la délace, on lui frappe dans les mains, on lui frotte les temples[3] avec de l'eau de la Reine de Hongrie[4] ; mais rien ne la faisait revenir. Alors le Roi, qui était monté au bruit, se souvint de la prédiction des Fées, et jugeant bien qu'il fallait que cela arrivât, puisque les Fées l'avaient dit, fit mettre la Princesse dans le plus bel appartement du Palais, sur un lit en broderie d'or et d'argent ; on eût dit d'un Ange, tant elle était belle ; car son évanouissement n'avait pas ôté les couleurs vives de son teint : ses joues étaient incarnates, et ses lèvres comme du corail ; elle avait seulement les yeux fermés, mais on l'entendait respirer doucement, ce qui faisait voir qu'elle n'était pas morte. Le Roi ordonna qu'on la laissât dormir en repos, jusqu'à ce que son heure de se réveiller fût venue. La bonne Fée qui lui avait sauvé la vie, en la condamnant à dormir cent ans, était dans le Royaume de Mataquin, à douze mille lieues de là, lorsque l'accident arriva à la Princesse ; mais elle en fut avertie en un instant par un petit Nain, qui avait des bottes de sept lieues (c'était des bottes avec lesquelles on faisait

---

**1.** « Grenier ou lieu qui touche à la couverture du logis » (F).
**2.** Vieille femme. **3.** Tempes. **4.** Préparation médicinale réputée combattre les évanouissements. « On l'appelle ainsi à cause du merveilleux effet qu'en ressentit une reine de Hongrie, à l'âge de soixante-douze ans » (F).

sept lieues d'une seule enjambée). La Fée partit aussitôt, et on la vit au bout d'une heure arriver dans un chariot[1] tout de feu, traîné par des dragons[2]. Le Roi lui alla présenter la main à la descente du chariot. Elle approuva tout ce qu'il avait fait ; mais comme elle était grandement prévoyante, elle pensa que quand la Princesse viendrait à se réveiller, elle serait bien embarrassée toute seule dans ce vieux Château : voici ce qu'elle fit. Elle toucha de sa baguette tout ce qui était dans ce Château (hors le Roi et la Reine), Gouvernantes[3], Filles d'Honneur[4], Femmes de Chambre, Gentilshommes, Officiers[5], Maîtres d'Hôtel, Cuisiniers, Marmitons[6], Galopins[7], Gardes, Suisses[8], Pages, Valets de pied ; elle toucha aussi tous les chevaux qui étaient dans les Écuries, avec les Palefreniers, les gros mâtins de basse-cour, et la petite Pouffe, petite chienne de la Princesse, qui était auprès d'elle dans son lit. Dès qu'elle les eut touchés, ils s'endormirent tous, pour ne se réveiller qu'en même temps que leur Maîtresse, afin d'être tout prêts à la servir quand elle en aurait besoin ; les broches mêmes qui étaient au feu toutes pleines de perdrix et de faisans s'endormirent, et le feu aussi. Tout cela se fit en un moment ; les Fées n'étaient pas longues à leur besogne. Alors le Roi et la Reine, après avoir baisé leur chère enfant sans qu'elle s'éveillât, sortirent du Château, et firent publier des défenses à qui que ce soit d'en approcher. Ces défenses n'étaient pas nécessaires, car il crût dans un quart d'heure tout autour du parc une si

---

**1.** Véhicule tiré par quatre chevaux attelés de front. C'est également le synonyme, archaïque mais noble, de « char » (de guerre ou de parade). **2.** Les chars des fées emploient, dans les contes de l'époque, un riche bestiaire fabuleux : dragons, licornes, etc. **3.** « On le dit aussi des femmes qui ont la conduite des enfants, ou des filles de bonne maison. La gouvernante des enfants de France, de la reine, etc. » (F). **4.** « Filles de la reine et des princesses, sont des filles d'honneur qu'on met auprès d'elles pour être élevées à la Cour » (F). **5.** Qui détient un « office », c'est-à-dire une charge, un poste officiel. **6.** « Valet de cuisine qui prend garde à la marmite, qui a soin de la faire bouillir » (F). **7.** « Petit marmiton qui sert dans les maisons des princes à tourner la broche, et autres menus services de la cuisine ». **8.** « Les Suisses sont les portiers des grands seigneurs » (F). Il existe également des régiments d'infanterie de gardes suisses, au service du roi.

grande quantité de grands arbres et de petits, de ronces et d'épines entrelacées les unes dans les autres, que bête ni homme n'y aurait pu passer : en sorte qu'on ne voyait plus que le haut des Tours du Château, encore n'était-ce que de bien loin. On ne douta point que la Fée n'eût encore fait là un tour de son métier, afin que la Princesse, pendant qu'elle dormirait, n'eût rien à craindre des Curieux.

Au bout de cent ans, le Fils du Roi qui régnait alors, et qui était d'une autre famille que la Princesse endormie, étant allé à la chasse de ce côté-là, demanda ce que c'était que des Tours qu'il voyait au-dessus d'un grand bois fort épais ; chacun lui répondit selon qu'il en avait ouï parler. Les uns disaient que c'était un vieux Château où il revenait des Esprits ; les autres que tous les Sorciers de la contrée y faisaient leur sabbat[1]. La plus commune opinion était qu'un Ogre y demeurait, et que là il emportait tous les enfants qu'il pouvait attraper, pour les pouvoir manger à son aise, et sans qu'on le pût suivre, ayant seul le pouvoir de se faire un passage au travers du bois. Le Prince ne savait qu'en croire, lorsqu'un vieux Paysan prit la parole, et lui dit : « Mon Prince, il y a plus de cinquante ans que j'ai ouï dire à mon père qu'il y avait dans ce Château une Princesse, la plus belle du monde ; qu'elle y devait dormir cent ans, et qu'elle serait réveillée par le fils d'un Roi, à qui elle était réservée. » Le jeune Prince à ce discours se sentit tout de feu ; il crut sans balancer[2] qu'il mettrait fin à une si belle aventure ; et poussé par l'amour et par la gloire, il résolut de voir sur-le-champ ce qui en était. À peine s'avança-t-il vers le bois, que tous ces grands arbres, ces ronces et ces épines s'écartèrent d'elles-mêmes pour le laisser passer : il marche vers le Château qu'il voyait au bout d'une grande avenue où il entra, et ce qui le surprit un peu, il vit que personne de ses gens ne l'avait pu suivre, parce que les arbres s'étaient

1. À la fin du XVIIe siècle encore, de nombreuses superstitions populaires voisinent avec le culte et les croyances catholiques. Le pouvoir en place fait de nombreux efforts pour lutter contre cette culture populaire largement animiste ou païenne, mais le délit de sorcellerie n'est officiellement aboli qu'en 1682. 2. Sans hésiter.

rapprochés dès qu'il avait été passé. Il ne laissa pas de continuer son chemin[1] : un Prince jeune et amoureux est toujours vaillant. Il entra dans une grande avant-cour où tout ce qu'il vit d'abord était capable de le glacer de crainte : c'était un silence affreux, l'image de la mort s'y présentait partout, et ce n'était que des corps étendus d'hommes et d'animaux, qui paraissaient morts. Il reconnut pourtant bien au nez bourgeonné et à la face vermeille des Suisses, qu'ils n'étaient qu'endormis, et leurs tasses où il y avait encore quelques gouttes de vin montraient assez qu'ils s'étaient endormis en buvant. Il passe une grande cour pavée de marbre, il monte l'escalier, il entre dans la salle des Gardes qui étaient rangés en haie, la carabine[2] sur l'épaule, et ronflant de leur mieux. Il traverse plusieurs chambres pleines de Gentilshommes et de Dames, dormant tous, les uns debout, les autres assis ; il entre dans une chambre toute dorée, et il vit sur un lit, dont les rideaux étaient ouverts de tous côtés, le plus beau spectacle qu'il eût jamais vu : une Princesse qui paraissait avoir quinze ou seize ans, et dont l'éclat resplendissant avait quelque chose de lumineux et de divin. Il s'approcha en tremblant et en admirant, et se mit à genoux auprès d'elle. Alors, comme la fin de l'enchantement était venue, la Princesse s'éveilla ; et le regardant avec des yeux plus tendres qu'une première vue ne semblait le permettre : « Est-ce vous, mon Prince ? lui dit-elle, vous vous êtes bien fait attendre. » Le Prince charmé de ces paroles, et plus encore de la manière dont elles étaient dites, ne savait comment lui témoigner sa joie et sa reconnaissance ; il l'assura qu'il l'aimait plus que lui-même. Ses discours furent mal rangés[3], ils en plurent davantage ; peu d'éloquence, beaucoup d'amour. Il était plus embarrassé qu'elle, et l'on ne doit pas s'en étonner ; elle avait eu le temps de songer à ce qu'elle aurait à lui dire ; car il y a apparence (l'Histoire n'en dit pourtant rien) que la bonne Fée, pendant un si long sommeil, lui avait procuré le plaisir des songes agréables.

**1.** Il ne cessa pas son chemin. **2.** « Arme à feu, petite arquebuse à rouet que portaient les carabins » (F). Il s'agit d'une arme démodée. **3.** Arrangés.

Enfin il y avait quatre heures qu'ils se parlaient, et ils ne s'étaient pas encore dit la moitié des choses qu'ils avaient à se dire.

Cependant tout le Palais s'était réveillé avec la Princesse ; chacun songeait à faire sa charge, et comme ils n'étaient pas tous amoureux, ils mouraient de faim ; la Dame d'honneur, pressée comme les autres, s'impatienta, et dit tout haut à la Princesse que la viande[1] était servie[2]. Le Prince aida la Princesse à se lever ; elle était tout habillée et fort magnifiquement ; mais il se garda bien de lui dire qu'elle était habillée comme ma mère-grand, et qu'elle avait un collet monté[3], elle n'en était pas moins belle. Ils passèrent dans un Salon de miroirs, et y soupèrent, servis par les Officiers de la Princesse ; les Violons et les Hautbois jouèrent de vieilles pièces, mais excellentes, quoiqu'il y eût près de cent ans qu'on ne les jouât plus ; et après souper sans perdre de temps, le grand Aumônier les maria dans la Chapelle du Château, et la Dame d'honneur leur tira le rideau[4] : ils dormirent peu, la Princesse n'en avait pas grand besoin, et le Prince la quitta dès le matin pour retourner à la Ville, où son Père devait être en peine de lui. Le Prince lui dit qu'en chassant il s'était perdu dans la forêt, et qu'il avait couché dans la hutte d'un Charbonnier, qui lui avait fait manger du pain noir et du fromage. Le Roi son père, qui était bon homme, le crut, mais sa Mère n'en fut pas bien persuadée, et voyant qu'il allait presque tous les jours à la chasse, et qu'il avait toujours une raison en main pour s'excuser, quand il avait couché deux ou trois nuits dehors, elle ne douta plus qu'il n'eût quelque amourette : car il vécut avec la Princesse

---

**1.** Outre le sens moderne, la viande désigne, plus généralement, la nourriture ou le repas. **2.** La formule est employée à la Cour de Versailles. Elle fait partie de l'étiquette royale. **3.** Un *collet* est la « partie de l'habillement qui joint le cou, qui se met autour du cou ». Les *collets montés* « étaient soutenus par des cartes, de l'empois et du fil de fer » mais, précise Furetière, les femmes n'en portent plus. Il s'agit donc d'un ornement passé de mode, devenu quasi proverbial pour désigner les temps anciens : « C'était du temps des collets montés, pour dire du vieux temps » (dictionnaire de l'Académie française). **4.** Il s'agit de nouveau d'un cérémonial de Cour.

plus de deux ans entiers, et en eut deux enfants, dont le premier, qui fut une fille, fut nommé l'Aurore, et le second un fils, qu'on nomma le Jour, parce qu'il paraissait encore plus beau que sa sœur. La Reine dit plusieurs fois à son fils, pour le faire expliquer[1], qu'il fallait se contenter dans la vie, mais il n'osa jamais se fier[2] à elle de son secret ; il la craignait quoiqu'il l'aimât, car elle était de race Ogresse, et le Roi ne l'avait épousée qu'à cause de ses grands biens ; on disait même tout bas à la Cour qu'elle avait les inclinations des Ogres, et qu'en voyant passer de petits enfants, elle avait toutes les peines du monde à se retenir de se jeter sur eux ; ainsi le Prince ne voulut jamais rien dire. Mais quand le Roi fut mort, ce qui arriva au bout de deux ans, et qu'il se vit le maître, il déclara publiquement son Mariage, et alla en grande cérémonie quérir la Reine sa femme dans son Château. On lui fit une entrée[3] magnifique dans la Ville Capitale, où elle entra au milieu de ses deux enfants. Quelque temps après, le Roi alla faire la guerre à l'Empereur Cantalabutte son voisin. Il laissa la Régence du Royaume à la Reine sa mère, et lui recommanda fort sa femme et ses enfants : il devait être à la guerre tout l'Été, et dès qu'il fut parti, la Reine-Mère envoya sa Bru et ses enfants à une maison de campagne dans les bois, pour pouvoir plus aisément assouvir son horrible envie. Elle y alla quelques jours après, et dit un soir à son Maître d'Hôtel : « Je veux manger demain à mon dîner la petite Aurore. – Ah ! Madame, dit le Maître d'Hôtel. – Je le veux, dit la Reine (et elle le dit d'un ton d'Ogresse, qui a envie de manger de la chair fraîche) et je la veux manger à la Sauce-robert[4]. » Ce pauvre homme voyant bien qu'il ne fallait pas se jouer à une Ogresse, prit son grand couteau, et monta à la chambre de la petite Aurore : elle avait pour lors quatre ans, et vint en sautant et

1. « Éclaircir, déclarer nettement sa volonté » (F). À prendre ici au sens pronominal (s'expliquer). 2. Confier. 3. « Solennelle réception et cérémonie qu'on fait dans les villes aux rois, princes, légats ou autres seigneurs, lorsqu'ils entrent la première fois dans les villes » (F). L'une des plus célèbres entrées royales fut celle de Louis XIV et de son épouse Marie-Thérèse, à Paris, en 1660. 4. Fameuse sauce à l'oignon et à la moutarde, déjà évoquée par Rabelais.

en riant se jeter à son col[1], et lui demander du bonbon. Il se mit à pleurer, le couteau lui tomba des mains, et il alla dans la basse-cour couper la gorge à un petit agneau, et lui fit une si bonne sauce, que sa Maîtresse l'assura qu'elle n'avait jamais rien mangé de si bon. Il avait emporté en même temps la petite Aurore, et l'avait donnée à sa femme pour la cacher, dans le logement qu'elle avait au fond de la basse-cour. Huit jours après, la méchante Reine dit à son Maître d'Hôtel : « Je veux manger à mon souper le petit Jour. » Il ne répliqua rien, résolu de la tromper comme l'autre fois ; il alla chercher le petit Jour, et le trouva avec un petit fleuret à la main, dont il faisait des armes avec un gros Singe[2], il n'avait pourtant que trois ans : il le porta à sa femme qui le cacha avec la petite Aurore, et donna à la place du petit Jour un petit chevreau fort tendre, que l'Ogresse trouva admirablement bon.

Cela était fort bien allé jusque-là, mais un soir cette méchante Reine dit au Maître d'Hôtel : « Je veux manger la Reine à la même sauce que ses enfants. » Ce fut alors que le pauvre Maître d'Hôtel désespéra de la pouvoir encore tromper. La jeune Reine avait vingt ans passés, sans compter les cent ans qu'elle avait dormi : sa peau était un peu dure, quoique belle et blanche ; et le moyen de trouver dans la Ménagerie[3] une bête aussi dure que cela ? Il prit la résolution, pour sauver sa vie, de couper la gorge à la Reine, et monta dans sa chambre, dans l'intention de n'en pas faire à deux fois ; il s'excitait à la fureur, et il entra le poignard à la main dans la chambre de la jeune Reine. Il ne voulut pourtant point la surprendre, et il lui dit, avec beaucoup de respect, l'ordre qu'il avait reçu de la Reine-Mère. « Faites votre devoir, lui dit-elle, en lui tendant le cou ; exécutez l'ordre qu'on vous a donné ; j'irai revoir mes enfants, mes pauvres enfants que j'ai tant aimés », car elle les croyait morts depuis qu'on les avait enlevés sans lui rien dire. « Non, non, Madame, lui répondit le pauvre Maître d'Hôtel tout

1. Cou. 2. Les grands seigneurs et grandes dames ont alors divers animaux de compagnie, notamment de petits chiens et des singes. 3. Le château de Versailles comporte alors une célèbre ménagerie.

attendri, vous ne mourrez point, et vous ne laisserez pas d'aller revoir vos chers enfants, mais ce sera chez moi où je les ai cachés, et je tromperai encore la Reine, en lui faisant manger une jeune biche en votre place. » Il la mena aussitôt à sa chambre, où la laissant embrasser ses enfants et pleurer avec eux, il alla accommoder une biche, que la Reine mangea à son souper, avec le même appétit que si c'eût été la jeune Reine. Elle était bien contente de sa cruauté, et elle se préparait à dire au Roi à son retour, que les loups enragés avaient mangé la Reine sa femme et ses deux enfants.

Un soir qu'elle rôdait à son ordinaire dans les cours et basses-cours du Château pour y halener[1] quelque viande fraîche, elle entendit dans une salle basse[2] le petit Jour qui pleurait, parce que la Reine sa mère le voulait faire fouetter, à cause qu'il avait été méchant, et elle entendit aussi la petite Aurore qui demandait pardon pour son frère. L'Ogresse reconnut la voix de la Reine et de ses enfants, et furieuse d'avoir été trompée, elle commande[3] dès le lendemain au matin, avec une voix épouvantable qui faisait trembler tout le monde, qu'on apportât au milieu de la cour une grande cuve, qu'elle fit remplir de vipères, de couleuvres et de serpents, pour y faire jeter la Reine et ses enfants, le Maître d'Hôtel, sa femme et sa servante : elle avait donné ordre de les amener les mains liées derrière le dos. Ils étaient là, et les bourreaux se préparaient à les jeter dans la cuve, lorsque le Roi qu'on n'attendait pas si tôt, entra dans la cour à cheval ; il était venu en poste[4], et demanda tout étonné ce que voulait dire cet horrible spectacle ; personne n'osait l'en instruire, quand l'Ogresse enragée de voir ce qu'elle voyait, se jeta elle-même la tête la première dans la cuve, et fut dévorée en un instant par les vilaines bêtes qu'elle y avait fait mettre. Le Roi ne laissa pas d'en être fâché, elle était

---

**1.** « Terme de vénerie. Sentir le gibier » (F). **2.** Qui se trouve au rez-de-chaussée de la maison. **3.** Le verbe est bien au présent, dans la phrase au passé. **4.** La *poste* « est un lieu choisi sur les grands chemins de distance en distance, où les courriers trouvent des chevaux tout prêts pour courir et faire diligence ». L'expression *en poste* « se dit aussi de la course et de la diligence que fait le courrier » (F). Le prince a donc emprunté des chevaux de poste, pour parcourir plus rapidement le trajet.

sa mère, mais il s'en consola bientôt avec sa belle femme et ses enfants.

MORALITÉ

*Attendre quelque temps pour avoir un Époux,*
*Riche, bien fait, galant et doux,*
*La chose est assez naturelle,*
*Mais l'attendre cent ans et toujours en dormant,*
*On ne trouve plus de femelle*[1]*,*
*Qui dormît si tranquillement.*

*La Fable semble encor*[2] *vouloir nous faire entendre,*
*Que souvent de l'Hymen les agréables nœuds,*
*Pour être différés n'en sont pas moins heureux,*
*Et qu'on ne perd rien pour attendre ;*
*Mais le sexe*[3] *avec tant d'ardeur,*
*Aspire à la foi conjugale,*
*Que je n'ai pas la force ni le cœur*[4]*,*
*De lui prêcher cette Morale.*

**1.** « On dit en raillerie, qu'une femme rusée est une fine femelle, une fausse femelle. Hors de là on le dit peu des femmes » (F). Le terme a donc un sens burlesque. **2.** Licence poétique permettant de respecter la métrique du vers. **3.** Le beau sexe, c'est-à-dire les femmes. **4.** Courage.

# Le Petit Chaperon rouge

## *Conte*

Il était une fois une petite fille de Village, la plus jolie qu'on eût su voir ; sa mère en était folle, et sa mère-grand plus folle encore. Cette bonne femme lui fit faire un petit chaperon[1] rouge, qui lui seyait si bien que partout on l'appelait le Petit Chaperon rouge.

Un jour sa mère ayant cuit[2] et fait des galettes, lui dit : « Va voir comme se porte ta mère-grand, car on m'a dit qu'elle était malade, porte-lui une galette et ce petit pot de beurre. » Le Petit Chaperon rouge partit aussitôt pour aller chez sa mère-grand, qui demeurait dans un autre Village. En passant dans un bois elle rencontra compère le Loup, qui eut bien envie de la manger, mais il n'osa, à cause de quelques Bûcherons qui étaient dans la Forêt. Il lui demanda où elle allait ; la pauvre enfant, qui ne savait pas qu'il est dangereux de s'arrêter à écouter un Loup, lui dit : « Je vais voir ma Mère-grand, et lui porter une galette avec un petit pot

---

**1.** « Ancien habillement de tête [...]. À l'égard des femmes, le chaperon était une bande de velours qu'elles portaient sur leurs bonnets. » La moralité du conte, évoquant les vils séducteurs de jeunes filles, semble également jouer sur le second sens du *chaperon* : « On appelle aussi une vieille, un grand chaperon, sous la conduite de laquelle on met les jeunes filles. Il n'est pas honnête à des filles de s'aller promener, si elles n'ont quelqu'un qui leur serve de grand chaperon » (F). Le *Petit* Chaperon rouge n'a donc pas de « grand chaperon » pour la protéger du loup. **2.** *Cuire*, dans un emploi intransitif, « se dit quelquefois absolument du pain en particulier. Ce boulanger cuit deux ou trois fois par jour » (F). La formule n'est donc pas redondante : la mère du Petit Chaperon rouge profite de la cuisson du pain pour cuire ses galettes.

de beurre que ma Mère lui envoie. – Demeure-t-elle bien loin ? lui dit le Loup. – Oh oui, dit le Petit Chaperon rouge, c'est par-delà le moulin que vous voyez tout là-bas, là-bas, à la première maison du Village. – Hé bien, dit le Loup, je veux l'aller voir aussi ; je m'y en vais par ce chemin ici[1], et toi par ce chemin-là[2], et nous verrons qui plus tôt y sera. » Le Loup se mit à courir de toute sa force par le chemin qui était le plus court, et la petite fille s'en alla par le chemin le plus long, s'amusant à cueillir des noisettes, à courir après des papillons, et à faire des bouquets des petites fleurs qu'elle rencontrait. Le Loup ne fut pas longtemps à arriver à la maison de la Mère-grand, il heurte : Toc, toc. « Qui est là ? – C'est votre fille le Petit Chaperon rouge (dit le Loup, en contrefaisant sa voix) qui vous apporte une galette et un petit pot de beurre que ma Mère vous envoie. » La bonne Mère-grand, qui était dans son lit à cause qu'elle se trouvait un peu mal, lui cria : « Tire la chevillette, la bobinette cherra[3] », le Loup tira la chevillette, et la porte s'ouvrit. Il se jeta sur la bonne femme, et la dévora en moins de rien ; car il y avait plus de trois jours qu'il n'avait mangé. Ensuite il ferma la porte, et s'alla coucher dans le lit de la Mère-grand, en attendant le Petit Chaperon rouge, qui quelque temps après vint heurter à la porte : Toc, toc. « Qui est là ? » Le Petit Chaperon rouge, qui entendit la grosse voix du Loup, eut peur d'abord, mais croyant que sa Mère-grand était enrhumée, répondit : « C'est votre fille le Petit Chaperon rouge, qui vous apporte une galette et un petit pot de beurre que ma Mère vous envoie. » Le Loup lui cria, en adoucissant un peu sa voix : « Tire la chevillette, la bobinette cherra. » Le Petit Chaperon rouge tira la chevillette, et la

---

**1.** *Ici* (pour *ci*) et *plus tôt* (pour *le plus tôt*) sont des archaïsmes. **2.** Dans le folklore, le Petit Chaperon rouge doit choisir entre le chemin des aiguilles et celui des épingles. Le premier renvoie à la couture, le second à la parure. La fillette choisit le chemin des épingles, c'est-à-dire de la parure et de la séduction. **3.** *Bobinette* et *chevillette* constituent un système de serrure rudimentaire. La *chevillette* permet de faire tomber la *bobinette* qui fait office de verrou. Le futur du verbe *choir, cherra*, semble archaïque.

porte s'ouvrit. Le Loup, la voyant entrer, lui dit en se cachant dans le lit sous la couverture : « Mets la galette et le petit pot de beurre sur la huche, et viens te coucher avec moi. » Le Petit Chaperon rouge se déshabille, et va se mettre dans le lit, où elle fut bien étonnée de voir comment sa Mère-grand était faite en son déshabillé, elle lui dit : « Ma mère-grand, que vous avez de grands bras ! – C'est pour mieux t'embrasser, ma fille. – Ma mère-grand, que vous avez de grandes jambes ! – C'est pour mieux courir, mon enfant. – Ma mère-grand, que vous avez de grandes oreilles ! – C'est pour mieux écouter, mon enfant. – Ma mère-grand, que vous avez de grands yeux ! – C'est pour mieux voir, mon enfant. – Ma mère-grand, que vous avez de grandes dents ! – C'est pour te manger. » Et en disant ces mots, ce méchant Loup se jeta sur le Petit Chaperon rouge, et la mangea.

## MORALITÉ

*On voit ici que de jeunes enfants,*
*Surtout de jeunes filles,*
*Belles, bien faites, et gentilles,*
*Font très mal d'écouter toute sorte de gens,*
*Et que ce n'est pas chose étrange,*
*S'il en est tant que le loup mange.*
*Je dis le loup, car tous les loups*[1]
*Ne sont pas de la même sorte ;*
*Il en est d'une humeur accorte*[2]*,*
*Sans bruit, sans fiel et sans courroux,*
*Qui privés*[3]*, complaisants et doux,*
*Suivent les jeunes Demoiselles*[4]*,*

---

**1.** La métaphore du loup pour désigner un séducteur est courante dans la littérature du temps. La formule « voir le loup » désigne l'expérience sexuelle d'une jeune fille. **2.** Courtoise, complaisante, adroite (avec une nuance péjorative éventuelle : flatteuse, insinuante). **3.** Familiers. **4.** « Femme ou fille d'un gentilhomme. » Par extension, « se dit de toutes

*Jusque dans les maisons, jusque dans les ruelles*[1] *;*
*Mais hélas ! qui ne sait que ces Loups doucereux*[2]*,*
*De tous les Loups sont les plus dangereux.*

---

les filles qui ne sont pas mariées, pourvu qu'elles ne soient pas de la lie du peuple ou nées d'artisans » (F).

**1.** « Se dit aussi de l'espace qu'on laisse entre un lit et la muraille. [...] Se dit aussi des alcôves, et des lieux parés où les dames reçoivent leurs visites, soit dans le lit, soit sur des sièges. Les galants se piquent d'être gens de ruelles » (F). **2.** « Faire le doucereux, c'est faire l'amoureux, le languissant auprès d'une dame » (F).

# La Barbe bleue

Il était une fois un homme qui avait de belles maisons à la Ville et à la Campagne, de la vaisselle d'or et d'argent[1], des meubles en broderie[2], et des carrosses tout dorés ; mais par malheur cet homme avait la Barbe bleue : cela le rendait si laid et si terrible, qu'il n'était ni femme ni fille qui ne s'enfuît de devant lui. Une de ses Voisines, Dame de qualité[3], avait deux filles parfaitement belles. Il lui en demanda une en Mariage, et lui laissa le choix de celle qu'elle voudrait lui donner. Elles n'en voulaient point toutes deux, et se le renvoyaient l'une à l'autre, ne pouvant se résoudre à prendre un homme qui eût la barbe bleue. Ce qui les dégoûtait encore, c'est qu'il avait déjà épousé plusieurs femmes, et qu'on ne savait ce que ces femmes étaient devenues. La Barbe bleue, pour faire connaissance, les mena avec leur Mère, et trois ou quatre de leurs meilleures amies, et quelques jeunes gens du voisinage, à une de ses maisons de Campagne, où on demeura huit jours entiers. Ce n'était que promenades, que parties de chasse et de pêche, que danses

1. Il s'agit là d'un luxe alors interdit en France : Louis XIV, pour faire face aux difficultés financières du royaume, publie en 1689 un édit ordonnant la fonte des vaisselles et argenteries précieuses. Il donne lui-même l'exemple en faisant fondre en monnaie la vaisselle et les meubles d'argent de Versailles. 2. *Meubles* est pris au sens large de mobilier. Mais il se dit, « en une signification plus étroite, d'un lit et des chaises de même parure ; ou même de leur simple garniture » (F). 3. De rang noble. La « qualité » ou la « condition », au sens absolu, sont synonymes de haute naissance.

et festins, que collations[1] : on ne dormait point, et on passait toute la nuit à se faire des malices les uns aux autres ; enfin tout alla si bien que la Cadette commença à trouver que le Maître du logis n'avait plus la barbe si bleue, et que c'était un fort honnête homme[2]. Dès qu'on fut de retour à la Ville, le Mariage se conclut. Au bout d'un mois la Barbe bleue dit à sa femme qu'il était obligé de faire un voyage en Province de six semaines au moins, pour une affaire de conséquence[3] ; qu'il la priait de se bien divertir pendant son absence, qu'elle fît venir ses bonnes amies, qu'elle les menât à la Campagne si elle voulait, que partout elle fît bonne chère : « Voilà, lui dit-il, les clefs des deux grands garde-meubles[4], voilà celles de la vaisselle d'or et d'argent qui ne sert pas tous les jours, voilà celles de mes coffres-forts, où est mon or et mon argent, celles des cassettes où sont mes pierreries, et voilà le passe-partout de tous les appartements ; pour cette petite clef-ci, c'est la clef du cabinet[5] au bout de la grande galerie de l'appartement bas[6] : ouvrez tout, allez partout, mais pour ce petit cabinet je vous défends d'y entrer, et je vous le défends de telle sorte, que s'il vous arrive de l'ouvrir, il n'y a rien que vous ne deviez attendre de ma colère. » Elle promit d'observer exactement tout ce qui lui venait d'être ordonné ; et lui, après l'avoir embrassée, il monte dans son carrosse, et part pour son voyage. Les voisines et les bonnes amies n'attendirent pas qu'on les envoyât quérir pour aller chez la jeune Mariée, tant elles avaient

---

**1.** « Ample repas qu'on fait au milieu de l'après-dînée ou dans la nuit » (F). **2.** L'*honnête homme* se définit moins par son honnêteté (qualité morale) que par sa politesse, sa courtoisie, sa galanterie (qualités sociales et mondaines, essentielles dans la bonne société du temps). **3.** D'importance. **4.** Le roi possède un officier spécialement chargé de ses garde-meubles, ainsi que de sa vaisselle d'argent. Les riches demeures alternent meubles d'été et meubles d'hiver. **5.** « Le lieu le plus retiré dans le plus bel appartement des palais, des grandes maisons. [...] Signifie aussi un petit lieu retiré dans les maisons ordinaires [...] où l'on serre ce qu'on a de plus précieux » (F). Se dit également, à l'époque, d'« un buffet où il y a plusieurs volets et tiroirs pour y enfermer les choses les plus précieuses, ou pour servir simplement d'ornement dans une chambre, dans une galerie » (F). **6.** Situé au rez-de-chaussée de la maison.

d'impatience de voir toutes les richesses de sa Maison, n'ayant osé y venir pendant que le Mari y était, à cause de sa Barbe bleue qui leur faisait peur. Les voilà aussitôt à parcourir les chambres, les cabinets, les garde-robes[1], toutes plus belles et plus riches les unes que les autres. Elles montèrent ensuite aux garde-meubles, où elles ne pouvaient assez admirer le nombre et la beauté des tapisseries, des lits, des sofas[2], des cabinets, des guéridons, des tables et des miroirs où l'on se voyait depuis les pieds jusqu'à la tête[3], et dont les bordures, les unes de glace, les autres d'argent et de vermeil doré[4], étaient les plus belles et les plus magnifiques qu'on eût jamais vues. Elles ne cessaient d'exagérer et d'envier le bonheur de leur amie, qui cependant ne se divertissait point à voir toutes ces richesses, à cause de l'impatience qu'elle avait d'aller ouvrir le cabinet de l'appartement bas. Elle fut si pressée de sa curiosité, que sans considérer qu'il était malhonnête[5] de quitter sa compagnie, elle y descendit par un petit escalier dérobé, et avec tant de précipitation qu'elle pensa[6] se rompre le cou deux ou trois fois. Étant arrivée à la porte du cabinet, elle s'y arrêta quelque temps, songeant à la défense que son Mari lui avait faite, et considérant qu'il pourrait lui arriver malheur d'avoir été désobéissante ; mais la tentation était si forte qu'elle ne put la surmonter : elle prit donc la petite clef, et ouvrit en tremblant la porte du cabinet. D'abord elle ne vit rien, parce que

---

**1.** « Petite chambre, ou cabinet propre à serrer des meubles. » C'est également le « lieu où est le linge et les habits du roi » (dictionnaire de Richelet). **2.** Originellement une « espèce d'estrade fort élevée, et couverte d'un tapis » sur laquelle le Grand Vizir reçoit ses invités de marque. Mais le terme revêt ici son sens moderne : « espèce de lit de repos à deux dossiers, dont on se sert depuis peu en France » (dictionnaire de l'Académie française). **3.** Les grands miroirs sont alors des produits de luxe, d'abord importés d'Italie puis produits en France. La Manufacture royale fabrique ainsi, de 1678 à 1684, les glaces de la grande galerie de Versailles. De nouvelles techniques permettent alors de fabriquer des miroirs de grande dimension, qui font l'admiration des contemporains. **4.** « C'est de la vaisselle d'argent, ou du cuivre doré [...] dont on fait un enduit » (F). Les meubles précieux participent de l'atmosphère de luxe et de magnificence dont s'entoure le (trop) riche maître de maison. **5.** Mal élevé, discourtois. **6.** Faillit, manqua.

les fenêtres étaient fermées ; après quelques moments elle commença à voir que le plancher était tout couvert de sang caillé, et que dans ce sang se miraient les corps de plusieurs femmes mortes, et attachées le long des murs (c'était toutes les femmes que la Barbe bleue avait épousées et qu'il avait égorgées l'une après l'autre). Elle pensa mourir de peur, et la clef du cabinet qu'elle venait de retirer de la serrure lui tomba de la main. Après avoir un peu repris ses esprits, elle ramassa la clef, referma la porte, et monta à sa chambre pour se remettre un peu, mais elle n'en pouvait venir à bout, tant elle était émue. Ayant remarqué que la clef du cabinet était tachée de sang, elle l'essuya deux ou trois fois, mais le sang ne s'en allait point ; elle eut beau la laver, et même la frotter avec du sablon[1] et avec du grès, il y demeura toujours du sang, car la clef était Fée[2], et il n'y avait pas moyen de la nettoyer tout à fait : quand on ôtait le sang d'un côté, il revenait de l'autre. La Barbe bleue revint de son voyage dès le soir même, et dit qu'il avait reçu des Lettres dans le chemin, qui lui avaient appris que l'affaire pour laquelle il était parti venait d'être terminée à son avantage. Sa femme fit tout ce qu'elle put pour lui témoigner qu'elle était ravie de son prompt retour. Le lendemain il lui redemanda les clefs, et elle les lui donna, mais d'une main si tremblante, qu'il devina sans peine tout ce qui s'était passé. « D'où vient, lui dit-il, que la clef du cabinet n'est point avec les autres ? – Il faut, dit-elle, que je l'aie laissée là-haut sur ma table. – Ne manquez pas, dit la Barbe bleue, de me la donner tantôt[3]. » Après plusieurs remises[4], il fallut apporter la clef. La Barbe bleue l'ayant considérée, dit à sa femme : « Pourquoi y a-t-il du sang sur cette clef ? – Je n'en sais rien, répondit la pauvre femme, plus pâle que la mort. – Vous n'en savez rien, reprit la Barbe bleue, je le sais bien moi, vous avez voulu entrer dans le cabinet ! Hé bien,

---

**1.** « Menu sable qui est d'ordinaire blanc [...] qui sert à récurer la vaisselle d'étain, de cuivre » (F). **2.** « Chose enchantée par quelque puissance supérieure. [...] On fait un conte du lièvre fée qui ne pouvait être pris, et du chien fée qui devait prendre tous les lièvres, qui furent lâchés l'un devant l'autre, et qui courent encore » (F). **3.** Bientôt. **4.** Délais, retards.

Madame, vous y entrerez, et irez prendre votre place auprès des Dames que vous y avez vues. » Elle se jeta aux pieds de son Mari, en pleurant et en lui demandant pardon, avec toutes les marques d'un vrai repentir de n'avoir pas été obéissante. Elle aurait attendri un rocher, belle et affligée comme elle était ; mais la Barbe bleue avait le cœur plus dur qu'un rocher : « Il faut mourir, Madame, lui dit-il, et tout à l'heure[1]. – Puisqu'il faut mourir, répondit-elle en le regardant, les yeux baignés de larmes, donnez-moi un peu de temps pour prier Dieu. – Je vous donne un demi-quart d'heure, reprit la Barbe bleue, mais pas un moment davantage. » Lorsqu'elle fut seule, elle appela sa sœur, et lui dit : « Ma sœur Anne (car elle s'appelait ainsi), monte, je te prie, sur le haut de la Tour, pour voir si mes frères ne viennent point, ils m'ont promis qu'ils me viendraient voir aujourd'hui, et si tu les vois, fais-leur signe de se hâter. » La sœur Anne monta sur le haut de la Tour, et la pauvre affligée lui criait de temps en temps : « Anne, ma sœur Anne, ne vois-tu rien venir ? » Et la sœur Anne lui répondait : « Je ne vois rien que le Soleil qui poudroie[2], et l'herbe qui verdoie. » Cependant la Barbe bleue, tenant un grand coutelas à sa main, criait de toute sa force à sa femme : « Descends vite, ou je monterai là-haut[3]. – Encore un moment s'il vous plaît », lui répondait sa femme, et aussitôt elle criait tout bas : « Anne, ma sœur Anne, ne vois-tu rien venir ? », et la sœur Anne répondait : « Je ne vois rien que le Soleil qui poudroie, et l'herbe qui verdoie. » « Descends donc vite, criait la Barbe bleue, ou je monterai là-haut. – Je m'en vais », répondait sa femme, et puis elle criait : « Anne, ma sœur Anne, ne vois-tu rien venir ? – Je vois, répondit la sœur Anne, une grosse poussière qui vient de ce côté-ci. – Sont-ce

---

**1.** Tout de suite. **2.** Aucun dictionnaire du temps n'enregistre le verbe *poudroyer*, contrairement au dictionnaire de Littré (XIXe siècle) : « Remplir de poudre, de poussière [...], s'élever en poussière. Le soleil poudroie, les poussières paraissent dans les rayons solaires. » **3.** Dans les riches demeures, l'appartement du mari est au rez-de-chaussée, celui de sa femme (dit « bel appartement » ou « premier appartement ») au premier étage. La Barbe bleue attend donc au rez-de-chaussée, sa femme se réfugie à l'étage, tandis que « sœur Anne » guette du haut de la tour.

mes frères ? – Hélas, non, ma sœur, c'est un Troupeau de Moutons. » « Ne veux-tu pas descendre ? criait la Barbe bleue. – Encore un moment », répondait sa femme, et puis elle criait : « Anne, ma sœur Anne, ne vois-tu rien venir ? – Je vois, répondit-elle, deux Cavaliers qui viennent de ce côté-ci, mais ils sont bien loin encore. Dieu soit loué, s'écria-t-elle un moment après, ce sont mes frères ; je leur fais signe tant que je puis de se hâter. » La Barbe bleue se mit à crier si fort que toute la maison en trembla. La pauvre femme descendit, et alla se jeter à ses pieds toute épleurée[1] et toute échevelée. « Cela ne sert de rien, dit la Barbe bleue, il faut mourir », puis la prenant d'une main par les cheveux, et de l'autre levant le coutelas en l'air, il allait lui abattre la tête. La pauvre femme se tournant vers lui, et le regardant avec des yeux mourants, le pria de lui donner un petit moment pour se recueillir. « Non, non, dit-il, recommande-toi bien à Dieu » ; et levant son bras... Dans ce moment on heurta si fort à la porte, que la Barbe bleue s'arrêta tout court : on ouvrit, et aussitôt on vit entrer deux Cavaliers[2], qui mettant l'épée à la main, coururent droit à la Barbe bleue. Il reconnut que c'était les frères de sa femme, l'un Dragon[3] et l'autre Mousquetaire[4], de sorte qu'il s'enfuit aussitôt pour se sauver[5] ; mais les deux frères le poursuivirent de si près qu'ils l'attrapèrent avant qu'il pût gagner le perron : ils lui passèrent leur épée au travers du corps, et le laissèrent mort. La pauvre femme était presque aussi morte que son Mari, et n'avait pas la force de se lever pour embrasser ses Frères. Il se trouva que la Barbe bleue n'avait point d'héritiers, et qu'ainsi sa femme demeura maîtresse de tous ses biens. Elle en employa une partie à marier sa sœur Anne avec un jeune Gentilhomme, dont elle était aimée depuis longtemps ; une

1. Éplorée, c'est-à-dire « tout en pleurs » (dictionnaire de l'Académie française). *Épleurée* est plus familier. 2. « Soldat qui sert et qui combat à cheval. [...] Signifie aussi un gentilhomme qui porte l'épée, et qui est habillé en homme de guerre » (F). 3. « En termes de guerre, est une sorte de cavalier sans bottes, qui marche à cheval, et qui combat à pied » (F). 4. « On appelle par excellence les mousquetaires du roi, deux compagnies de gens à cheval portant le mousquet, et qui combattent tantôt à cheval, tantôt à pied » (F). 5. Se mettre en sûreté.

autre partie à acheter des Charges[1] de Capitaine à ses deux frères ; et le reste à se marier elle-même à un fort honnête homme, qui lui fit oublier le mauvais temps qu'elle avait passé avec la Barbe bleue.

## MORALITÉ

*La curiosité malgré tous ses attraits,*
*Coûte souvent bien des regrets ;*
*On en voit tous les jours mille exemples paraître ;*
*C'est, n'en déplaise au sexe*[2]*, un plaisir bien léger,*
*Dès qu'on le prend il cesse d'être,*
*Et toujours il coûte trop cher.*

## AUTRE MORALITÉ

*Pour peu qu'on ait l'esprit sensé,*
*Et que du Monde on sache le grimoire,*
*On voit bientôt que cette histoire*
*Est un conte du temps passé ;*
*Il n'est plus d'Époux si terrible,*
*Ni qui demande l'impossible ;*
*Fût-il malcontent et jaloux,*
*Près de sa femme on le voit filer doux ;*
*Et de quelque couleur que sa barbe puisse être,*
*On a peine à juger qui des deux est le maître.*

---

**1.** « Une dignité, un office qui donne pouvoir et autorité à quelqu'un sur un autre » (F). Vénales, les *charges* s'achètent, se vendent et se transmettent. **2.** Le *sexe* : les femmes.

*La Barbe bleue*
Gravure de Gustave Doré

*Le Chat botté*
Gravure de Gustave Doré

# Le Maître Chat ou le Chat botté

*Conte*

Un Meunier ne laissa pour tous biens à trois enfants qu'il avait, que son Moulin, son Âne, et son Chat. Les partages furent bientôt faits, ni le Notaire, ni le Procureur n'y furent point appelés. Ils auraient eu bientôt mangé le pauvre patrimoine. L'aîné eut le Moulin, le second eut l'Âne, et le plus jeune n'eut que le Chat. Ce dernier ne pouvait se consoler d'avoir un si pauvre lot : « Mes frères, disait-il, pourront gagner leur vie honnêtement en se mettant ensemble ; pour moi, lorsque j'aurai mangé mon chat, et que je me serai fait un manchon[1] de sa peau, il faudra que je meure de faim. » Le Chat qui entendait ce discours, mais qui n'en fit pas semblant, lui dit d'un air posé et sérieux : « Ne vous affligez point, mon maître, vous n'avez qu'à me donner un Sac, et me faire faire une paire de Bottes pour aller dans les broussailles, et vous verrez que vous n'êtes pas si mal partagé que vous croyez. » Quoique le Maître du chat ne fît pas grand fond là-dessus, il lui avait vu faire tant de tours de souplesse pour prendre des Rats et des Souris, comme quand il se pendait par les pieds, ou qu'il se cachait dans la farine

1. « Fourrure qu'on porte en hiver, propre pour y mettre ses mains, afin de les tenir chaudement. Les manchons n'étaient autrefois que pour les femmes ; aujourd'hui les hommes en portent. Les plus beaux manchons sont faits de martres zibelines ; les communs de petit-gris, de chien, de chat » (F).

pour faire le mort[1], qu'il ne désespéra pas d'en être secouru dans sa misère. Lorsque le chat eut ce qu'il avait demandé, il se botta bravement[2] ; et mettant son sac à son cou, il en prit les cordons avec ses deux pattes de devant, et s'en alla dans une garenne où il y avait grand nombre de lapins. Il mit du son et des lasserons[3] dans son sac, et s'étendant comme s'il eût été mort, il attendit que quelque jeune lapin, peu instruit encore des ruses de ce monde, vînt se fourrer dans son sac pour manger ce qu'il y avait mis. À peine fut-il couché, qu'il eut contentement ; un jeune étourdi de lapin entra dans son sac, et le maître chat tirant aussitôt les cordons le prit et le tua sans miséricorde. Tout glorieux[4] de sa proie, il s'en alla chez le Roi et demanda à lui parler. On le fit monter à l'Appartement de Sa Majesté, où étant entré il fit une grande révérence au Roi, et lui dit : « Voilà, Sire, un Lapin de Garenne que Monsieur le Marquis de Carabas (c'était le nom qu'il lui prit en gré de donner à son Maître) m'a chargé de vous présenter de sa part. – Dis à ton Maître, répondit le Roi, que je le remercie, et qu'il me fait plaisir. » Une autre fois il alla se cacher dans un blé[5], tenant toujours son sac ouvert ; et lorsque deux Perdrix y furent entrées, il tira les cordons, et les prit toutes deux. Il alla ensuite les présenter au Roi, comme il avait fait[6] le Lapin de garenne. Le Roi reçut encore avec plaisir les deux Perdrix, et lui fit donner pour boire. Le chat continua ainsi pendant deux ou trois mois à porter de temps en temps au Roi du Gibier de la chasse de son Maître. Un jour qu'il sut que le Roi devait aller à la promenade sur le bord de la rivière avec sa fille, la plus belle Princesse du monde, il dit à son Maître : « Si vous voulez suivre mon conseil, votre fortune est faite ; vous n'avez qu'à vous baigner dans la rivière à l'endroit que je vous montrerai, et ensuite me laisser faire. » Le Marquis de Carabas fit ce que son chat lui conseillait, sans savoir à quoi

---

1. Perrault fait ici allusion à une fable de La Fontaine, « Le Chat et un vieux Rat », qui met en scène un chat rusé recourant aux tours énumérés par Perrault pour attraper les souris. 2. Avec élégance. 3. Plante qui se mange en salade. 4. Fier. 5. Champ de blé. 6. *Fait* reprend et remplace le verbe précédent : comme il avait *présenté*.

cela serait bon. Dans le temps qu'il se baignait, le Roi vint à passer, et le Chat se mit à crier de toute sa force : « Au secours, au secours, voilà Monsieur le Marquis de Carabas qui se noie. » À ce cri le Roi mit la tête à la portière, et reconnaissant le Chat qui lui avait apporté tant de fois du Gibier, il ordonna à ses Gardes qu'on allât vite au secours de Monsieur le Marquis de Carabas. Pendant qu'on retirait le pauvre Marquis de la rivière, le Chat s'approcha du Carrosse, et dit au Roi que dans le temps que son Maître se baignait, il était venu des Voleurs qui avaient emporté ses habits, quoiqu'il eût crié de toute sa force ; le drôle[1] les avait cachés sous une grosse pierre. Le Roi ordonna aussitôt aux Officiers de sa Garde-robe[2] d'aller quérir un de ses plus beaux habits pour Monsieur le Marquis de Carabas. Le Roi lui fit mille caresses[3], et comme les beaux habits qu'on venait de lui donner relevaient sa bonne mine (car il était beau, et bien fait de sa personne), la fille du Roi le trouva fort à son gré, et le Comte de Carabas ne lui eut pas jeté deux ou trois regards fort respectueux, et un peu tendres, qu'elle en devint amoureuse à la folie. Le Roi voulut qu'il montât dans son Carrosse, et qu'il fût de la promenade. Le Chat ravi de voir que son dessein commençait à réussir, prit les devants, et ayant rencontré des Paysans qui fauchaient un Pré, il leur dit : « Bonnes gens qui fauchez, si vous ne dites au Roi que le pré que vous fauchez appartient à Monsieur le Marquis de Carabas, vous serez tous hachés menu comme chair à pâté. » Le Roi ne manqua pas à demander aux Faucheux[4] à qui était ce Pré qu'ils fauchaient. « C'est à Monsieur le Marquis de Carabas », dirent-ils tous ensemble, car la menace du Chat leur avait fait peur. « Vous avez là un bel héritage[5], dit le Roi au Marquis de Carabas. – Vous voyez, Sire, répondit le Marquis, c'est un pré qui ne manque point de rapporter abondamment toutes les

---

**1.** L'effronté, le fripon, le coquin. **2.** Voir note 1, p. 42. **3.** « Démonstration d'amitié ou de bienveillance qu'on fait à quelqu'un par un accueil gracieux, par quelque cajolerie » (F). **4.** Prononciation ancienne du terme *faucheur*. Le faucheur coupe les prés à la faux, les moissonneurs à la faucille. **5.** « Se dit plus particulièrement des fonds de terres, des maisons » (F), sans connotation de succession, donc.

années. » Le maître chat, qui allait toujours devant, rencontra des Moissonneurs, et leur dit : « Bonnes gens qui moissonnez, si vous ne dites que tous ces blés appartiennent à Monsieur le Marquis de Carabas, vous serez tous hachés menu comme chair à pâté. » Le Roi qui passa un moment après, voulut savoir à qui appartenaient tous les blés qu'il voyait. « C'est à Monsieur le Marquis de Carabas », répondirent les Moissonneurs, et le Roi s'en réjouit encore avec le Marquis. Le Chat, qui allait devant le Carrosse, disait toujours la même chose à tous ceux qu'il rencontrait ; et le Roi était étonné des grands biens de Monsieur le Marquis de Carabas. Le maître Chat arriva enfin dans un beau Château dont le Maître était un Ogre, le plus riche qu'on ait jamais vu, car toutes les terres par où le Roi avait passé étaient de la dépendance de ce Château. Le Chat, qui eut soin de s'informer qui était cet Ogre, et ce qu'il savait faire, demanda à lui parler, disant qu'il n'avait pas voulu passer si près de son Château sans avoir l'honneur de lui faire la révérence. L'Ogre le reçut aussi civilement[1] que le peut un Ogre, et le fit reposer. « On m'a assuré, dit le Chat, que vous aviez le don de vous changer en toute sorte d'Animaux, que vous pouviez, par exemple, vous transformer en Lion, en Éléphant ? – Cela est vrai, répondit l'Ogre brusquement, et pour vous le montrer, vous m'allez voir devenir Lion. » Le Chat fut si effrayé de voir un Lion devant lui qu'il gagna aussitôt les gouttières, non sans peine et sans péril, à cause de ses bottes qui ne valaient rien pour marcher sur les tuiles. Quelque temps après, le Chat ayant vu que l'Ogre avait quitté sa première forme, descendit, et avoua qu'il avait eu bien peur. « On m'a assuré encore, dit le Chat, mais je ne saurais le croire, que vous aviez aussi le pouvoir de prendre la forme des plus petits Animaux, par exemple, de vous changer en un Rat, en une souris, je vous avoue que je tiens cela tout à fait impossible. – Impossible ? reprit l'Ogre, vous allez voir », et en même temps il se changea en une Souris

1. D'une manière civile, c'est-à-dire « honnête et raisonnable [...]. Cet homme est fort civil, il reçoit le monde avec beaucoup de douceur, de caresses, de cérémonies et d'honnêteté » (F).

qui se mit à courir sur le plancher. Le Chat ne l'eut pas plus tôt aperçue qu'il se jeta dessus, et la mangea. Cependant le Roi, qui vit en passant le beau Château de l'Ogre, voulut entrer dedans. Le Chat, qui entendit le bruit du Carrosse qui passait sur le pont-levis, courut au devant, et dit au Roi : « Votre Majesté soit la bienvenue dans le Château de Monsieur le Marquis de Carabas. – Comment, Monsieur le Marquis, s'écria le Roi, ce Château est encore à vous, il ne se peut rien de plus beau que cette cour et que tous ces bâtiments qui l'environnent ! Voyons les dedans[1], s'il vous plaît. » Le Marquis donna la main à la jeune Princesse, et suivant le Roi qui montait le premier, ils entrèrent dans une grande Salle où ils trouvèrent une magnifique collation que l'Ogre avait fait préparer pour ses amis qui le devaient venir voir ce même jour-là, mais qui n'avaient pas osé entrer, sachant que le Roi y était. Le Roi charmé des bonnes qualités de Monsieur le Marquis de Carabas, de même que sa fille qui en était folle, et voyant les grands biens qu'il possédait, lui dit, après avoir bu cinq ou six coups : « Il ne tiendra qu'à vous, Monsieur le Marquis, que vous ne soyez mon gendre. » Le Marquis, faisant de grandes révérences, accepta l'honneur que lui faisait le Roi ; et dès le même jour épousa la Princesse. Le Chat devint grand Seigneur, et ne courut plus après les souris, que pour se divertir.

## MORALITÉ

*Quelque grand que soit l'avantage*
*De jouir d'un riche héritage*
*Venant à nous de père en fils,*
*Aux jeunes gens pour l'ordinaire,*
*L'industrie[2] et le savoir-faire*
*Valent mieux que des biens acquis.*

---

1. L'intérieur de la demeure. 2. Habileté, ingéniosité.

## AUTRE MORALITÉ

*Si le fils d'un meunier, avec tant de vitesse,*
*Gagne le cœur d'une Princesse,*
*Et s'en fait regarder avec des yeux mourants,*
*C'est que l'habit, la mine et la jeunesse,*
*Pour inspirer de la tendresse,*
*N'en sont pas des moyens toujours indifférents.*

# Les Fées

## *Conte*

Il était une fois une veuve qui avait deux filles ; l'aînée lui ressemblait si fort et d'humeur et de visage, que qui la voyait voyait la mère. Elles étaient toutes deux si désagréables et si orgueilleuses qu'on ne pouvait vivre avec elles. La cadette, qui était le vrai portrait de son Père pour la douceur et pour l'honnêteté[1], était avec cela une des plus belles filles qu'on eût su voir. Comme on aime naturellement son semblable, cette mère était folle de sa fille aînée, et en même temps avait une aversion effroyable pour la cadette. Elle la faisait manger à la Cuisine et travailler sans cesse.

Il fallait entre autre chose que cette pauvre enfant allât deux fois le jour puiser de l'eau à une grande demi-lieue du logis, et qu'elle en rapportât plein une grande cruche. Un jour qu'elle était à cette fontaine[2], il vint à elle une pauvre femme qui la pria de lui donner à boire. « Oui da[3], ma bonne mère », dit cette belle fille, et rinçant aussitôt sa cruche, elle puisa de l'eau au plus bel endroit de la fontaine et la lui présenta, soutenant toujours la cruche afin qu'elle bût plus

---

**1.** Le terme connote, au XVIIe siècle, un véritable art de vivre et de se comporter en société, renvoyant aux notions de politesse, civilité, courtoisie. L'*honnête homme* est un mondain de bonne compagnie et d'agréable conversation. *Malhonnêteté*, quelques lignes plus bas, relève du même registre. **2.** « Eau vive qui sort de terre » (dictionnaire de l'Académie française). Il ne s'agit donc pas d'une fontaine au sens moderne, mais d'une simple source, ce qui explique la réplique ultérieure de la méchante fille à la fée : *buvez à même*, c'est-à-dire *à même le sol.* **3.** « Sorte d'interjection qui n'a lieu que dans le style le plus simple, ou dans la conversation familière » (dictionnaire de Richelet). Furetière qualifie l'expression de « populaire ».

aisément. La bonne femme ayant bu, lui dit : « Vous êtes si belle, si bonne, et si honnête, que je ne puis m'empêcher de vous faire un don (car c'était une Fée qui avait pris la forme d'une pauvre femme de village, pour voir jusqu'où irait l'honnêteté de cette jeune fille). Je vous donne pour don, poursuivit la Fée, qu'à chaque parole que vous direz, il vous sortira de la bouche ou une Fleur, ou une Pierre précieuse. » Lorsque cette belle fille arriva au logis, sa mère la gronda de revenir si tard de la fontaine. « Je vous demande pardon, ma mère, dit cette pauvre fille, d'avoir tardé si longtemps », et en disant ces mots il lui sortit de la bouche deux Roses, deux Perles, et deux gros Diamants. « Que vois-je là ? dit sa mère tout étonnée, je crois qu'il lui sort de la bouche des Perles et des Diamants, d'où vient cela, ma fille ? » (ce fut là la première fois qu'elle l'appela sa fille). La pauvre enfant lui raconta naïvement[1] tout ce qui lui était arrivé, non sans jeter une infinité de Diamants. « Vraiment, dit la mère, il faut que j'y envoie ma fille, tenez, Fanchon[2], voyez ce qui sort de la bouche de votre sœur quand elle parle, ne seriez-vous pas bien aise d'avoir le même don ? Vous n'avez qu'à aller puiser de l'eau à la fontaine, et quand une pauvre femme vous demandera à boire, lui en donner bien honnêtement. – Il me ferait beau voir[3], répondit la brutale[4], aller à la fontaine. – Je veux que vous y alliez, reprit la mère, et tout à l'heure. » Elle y alla, mais toujours en grondant[5]. Elle prit le plus beau Flacon d'argent qui fût dans le logis. Elle ne fut pas plus tôt arrivée à la fontaine qu'elle vit sortir du bois une Dame[6] magnifiquement vêtue qui vint lui demander

---

**1.** « Cet auteur écrit fort *naïvement*, a un style fort *naïf* » (F). La *naïveté* n'a pas seulement un sens moral (l'ingénuité, la sincérité) mais également un sens esthétique : elle est synonyme de style simple et naturel.

**2.** Fanchon est déjà le prénom de la femme du bûcheron Blaise, dans le conte en vers de Perrault : « Les Souhaits ridicules ». **3.** Formule de refus brutal, comparable au « J'en suis d'avis » quelques lignes plus bas. **4.** « Qui a des appétits déréglés, qui vit en bête, ou qui n'a pas plus d'esprit et de conduite qu'une bête » (F). Le terme a donc un sens plus fort qu'aujourd'hui. **5.** « Murmurer secrètement, donner des témoignages muets qu'on a du mécontentement de quelque chose » (F). **6.** Femme « de qualité », « de condition », c'est-à-dire de haut rang. La *dame* s'oppose donc, par son rang et sa richesse, à la *pauvre femme* précédemment apparue à la bonne fille.

à boire ; c'était la même Fée qui avait apparu à sa sœur, mais qui avait pris l'air et les habits d'une Princesse, pour voir jusqu'où irait la malhonnêteté de cette fille. « Est-ce que je suis venue ici, lui dit cette brutale orgueilleuse, pour vous donner à boire ? Justement j'ai apporté un Flacon d'argent tout exprès pour donner à boire à Madame ! J'en suis d'avis, buvez à même si vous voulez. – Vous n'êtes guère honnête, reprit la Fée, sans se mettre en colère : hé bien, puisque vous êtes si peu obligeante, je vous donne pour don qu'à chaque parole que vous direz, il vous sortira de la bouche ou un serpent ou un crapaud[1]. » D'abord que[2] sa mère l'aperçut, elle lui cria : « Hé bien, ma fille ! – Hé bien, ma mère ! lui répondit la brutale, en jetant deux vipères et deux crapauds. – Ô Ciel ! s'écria la mère, que vois-je là ? C'est sa sœur qui en est cause, elle me le paiera » ; et aussitôt elle courut pour la battre. La pauvre enfant s'enfuit, et alla se sauver dans la Forêt prochaine[3]. Le fils du Roi, qui revenait de la chasse, la rencontra, et la voyant si belle, lui demanda ce qu'elle faisait là toute seule et ce qu'elle avait à pleurer. « Hélas ! Monsieur, c'est ma mère qui m'a chassée du logis. » Le fils du Roi qui vit sortir de sa bouche cinq ou six perles, et autant de Diamants, la pria de lui dire d'où cela lui venait. Elle lui conta toute son aventure. Le fils du Roi en devint amoureux, et considérant qu'un tel don valait mieux que tout ce qu'on pouvait donner en mariage à un autre, l'emmena au Palais du Roi son père, où il l'épousa. Pour sa sœur, elle se fit tant haïr, que sa propre mère la chassa de chez elle ; et la malheureuse, après avoir bien couru sans trouver personne qui voulût la recevoir, alla mourir au coin d'un bois.

1. Le crapaud est alors considéré comme un animal venimeux.
2. Dès que.
3. Proche.

## MORALITÉ

*Les Diamants et les Pistoles*[1]*,*
*Peuvent beaucoup sur les Esprits ;*
*Cependant les douces paroles*
*Ont encor*[2] *plus de force, et sont d'un plus grand prix.*

## AUTRE MORALITÉ

*L'Honnêteté coûte des soins,*
*Et veut un peu de complaisance,*
*Mais tôt ou tard elle a sa récompense,*
*Et souvent dans le temps qu'on y pense le moins.*

1. Monnaie d'or alors en usage. 2. Voir note 2, p. 35.

# Cendrillon
# ou la Petite Pantoufle de verre
## *Conte*

Il était une fois un Gentilhomme qui épousa en secondes noces une femme, la plus hautaine et la plus fière qu'on eût jamais vue. Elle avait deux filles de son humeur et qui lui ressemblaient en toutes choses. Le Mari avait de son côté une jeune fille, mais d'une douceur et d'une bonté sans exemple, elle tenait cela de sa Mère, qui était la meilleure personne du monde. Les noces ne furent pas plus tôt faites que la Belle-mère fit éclater sa mauvaise humeur, elle ne put souffrir les bonnes qualités de cette jeune enfant, qui rendaient ses filles encore plus haïssables. Elle la chargea des plus viles occupations de la Maison : c'était elle qui nettoyait la vaisselle et les montées[1], qui frottait la chambre de Madame et celles de Mesdemoiselles ses filles ; elle couchait tout au haut de la maison dans un grenier sur une méchante[2] paillasse, pendant que ses sœurs étaient dans des chambres parquetées, où elles avaient des lits des plus à la mode, et des miroirs où elles se voyaient depuis les pieds jusqu'à la tête ; la pauvre fille souffrait tout avec patience, et n'osait s'en plaindre à son père, qui l'aurait grondée, parce que sa femme le gouvernait entièrement. Lorsqu'elle avait fait son ouvrage, elle s'allait mettre au coin de la cheminée, et s'asseoir dans les cendres, ce qui faisait qu'on l'appelait communément dans le logis Cucendron ; la cadette, qui n'était pas si malhonnête que son aînée, l'appelait Cendrillon ; cependant Cendrillon, avec ses méchants habits, ne

1. Les escaliers.
2. De mauvaise qualité, qui ne vaut rien.

laissait pas d'être[1] cent fois plus belle que ses sœurs, quoique vêtues très magnifiquement.

Il arriva que le fils du Roi donna un bal, et qu'il en pria toutes les personnes de qualité[2]: nos deux Demoiselles en furent aussi priées, car elles faisaient grande figure[3] dans le Pays. Les voilà bien aises et bien occupées à choisir les habits et les coiffures qui leur siéraient le mieux ; nouvelle peine pour Cendrillon, car c'était elle qui repassait le linge de ses sœurs et qui godronnait leurs manchettes[4] ; on ne parlait que de la manière dont on s'habillerait. « Moi, dit l'aînée, je mettrai mon habit de velours rouge et ma garniture[5] d'Angleterre. – Moi, dit la cadette, je n'aurai que ma jupe ordinaire ; mais en récompense[6], je mettrai mon manteau à fleurs d'or et ma barrière[7] de diamants, qui n'est pas des plus indifférentes. » On envoya quérir la bonne coiffeuse pour dresser les cornettes[8] à deux rangs, et on fit acheter des mouches[9] de la bonne Faiseuse[10] ; elles appelèrent Cendrillon pour lui demander son avis, car elle avait le goût bon. Cendrillon les conseilla le mieux du monde, et s'offrit même à les coiffer ; ce qu'elles voulurent bien. En les coiffant, elles lui disaient : « Cendrillon, serais-tu bien aise d'aller au Bal ? – Hélas, Mesdemoiselles, vous vous moquez de moi, ce n'est pas là ce qu'il me faut. – Tu as raison, on

---

**1.** N'en était pas moins. **2.** De haute naissance. Les *demoiselles* sont des jeunes filles nobles. **3.** « Quand on a du bien ou de la valeur, on *fait* une *belle figure* dans le monde » (F). **4.** Faire des godrons, c'est-à-dire marquer d'un pli rond des manchettes empesées. **5.** « Touffe ou quantité de rubans qu'on met sur les habits, ou à la coiffure pour les orner » (F). Signifie également l'« assortiment complet de quelque chose que ce soit », par exemple une *garniture* de dentelles ou de diamants (dictionnaire de l'Académie française). *L'Angleterre* est une dentelle au point d'Angleterre. **6.** En revanche. **7.** Parure. Aucun dictionnaire du temps ne précise le sens exact du mot : barrette, broche ou collier ? **8.** « Ce mot se disait autrefois de toute sorte d'habillement de tête. [...] Ne se dit plus maintenant en langage ordinaire que des coiffes ou linges de lit que les femmes mettent la nuit sur leurs têtes, et quand elles sont en déshabillé » (F). C'est le premier sens qui semble ici prévaloir. **9.** « Petit morceau de taffetas ou de velours noir, que les dames mettent sur leur visage par ornement, ou pour faire paraître leur teint plus blanc. » **10.** Un *faiseur* est un artisan. *La bonne faiseuse* de mouches tenait boutique rue Saint-Denis, *À la Perle des Mouches*.

rirait bien, si on voyait un Cucendron aller au Bal. » Une autre que Cendrillon les aurait coiffées de travers ; mais elle était bonne, et elle les coiffa parfaitement bien. Elles furent près de deux jours sans manger, tant elles étaient transportées de joie ; on rompit plus de douze lacets à force de les serrer pour leur rendre la taille plus menue, et elles étaient toujours devant leur miroir. Enfin l'heureux jour arriva, on partit, et Cendrillon les suivit des yeux le plus longtemps qu'elle put ; lorsqu'elle ne les vit plus, elle se mit à pleurer. Sa Marraine qui la vit toute en pleurs, lui demanda ce qu'elle avait : « Je voudrais bien... je voudrais bien... » Elle pleurait si fort qu'elle ne put achever. Sa Marraine, qui était Fée, lui dit : « Tu voudrais bien aller au Bal, n'est-ce pas ? – Hélas oui, dit Cendrillon en soupirant. – Hé bien, seras-tu bonne fille ? dit sa Marraine, je t'y ferai aller. » Elle la mena dans sa chambre et lui dit : « Va dans le jardin et apporte-moi une citrouille. » Cendrillon alla aussitôt cueillir la plus belle qu'elle put trouver et la porta à sa Marraine, ne pouvant deviner comment cette citrouille la pourrait faire aller au Bal ; sa Marraine la creusa, et n'ayant laissé que l'écorce, la frappa de sa baguette, et la citrouille fut aussitôt changée en un beau carrosse tout doré. Ensuite elle alla regarder dans sa souricière, où elle trouva six souris toutes en vie, elle dit à Cendrillon de lever un peu la trappe de la souricière, et à chaque souris qui sortait, elle lui donnait un coup de sa baguette, et la souris était aussitôt changée en un beau cheval ; ce qui fit un bel attelage de six chevaux, d'un beau gris de souris pommelé. Comme elle était en peine de quoi elle ferait un Cocher : « Je vais voir, dit Cendrillon, s'il n'y a point quelque rat dans la ratière, nous en ferons un Cocher. – Tu as raison, dit sa Marraine, va voir. » Cendrillon lui apporta la ratière, où il y avait trois gros rats. La Fée en prit un d'entre les trois, à cause de sa maîtresse barbe, et l'ayant touché, il fut changé en un gros Cocher, qui avait une des plus belles moustaches qu'on ait jamais vues. Ensuite elle lui dit : « Va dans le jardin, tu y trouveras six lézards derrière l'arrosoir, apporte-les-moi » ; elle ne les eut pas plus tôt apportés que la Marraine les changea en six Laquais[1], qui montèrent aussitôt derrière le carrosse avec leurs habits chamarrés[2], et qui s'y tenaient attachés comme s'ils n'eussent fait autre chose toute leur vie. La Fée dit alors à Cendrillon : « Hé bien, voilà de quoi aller au bal, n'es-tu pas bien aise ? – Oui, mais est-ce que j'irai comme cela avec mes vilains habits ? » Sa Marraine ne fit que la toucher avec sa baguette, et en même temps ses habits furent changés en des habits de drap d'or et d'argent tout chamarrés de pierreries ; elle lui donna ensuite une paire de pantoufles de verre[3], les plus jolies du monde. Quand elle fut ainsi parée, elle monta en carrosse ; mais sa Marraine lui recommanda sur toutes choses de ne pas passer minuit, l'avertissant que si elle demeurait au Bal un moment davantage, son carrosse redeviendrait citrouille, ses chevaux des souris, ses laquais des lézards, et que ses vieux habits reprendraient leur première forme. Elle promit à sa Marraine qu'elle ne manquerait pas de sortir du Bal avant minuit. Elle part, ne se sentant pas de joie. Le Fils du Roi, qu'on alla avertir qu'il venait d'arriver une grande Princesse qu'on ne connaissait point, courut la recevoir ; il lui donna la main à la descente du carrosse, et la mena dans la salle où était la compagnie ; il se fit alors un grand silence ; on cessa de danser, et les violons ne jouèrent plus, tant on était attentif à contempler les grandes beautés de cette inconnue ; on n'entendait qu'un bruit confus : « Ah, qu'elle est belle ! » Le Roi même, tout vieux qu'il était, ne laissait pas de la regarder, et de dire tout bas à la Reine qu'il y avait longtemps qu'il n'avait vu une si belle et si aimable personne. Toutes les Dames étaient attentives à considérer sa coiffure et ses habits pour en avoir dès le lendemain de semblables, pourvu qu'il se trouvât des étoffes assez belles, et des ouvriers assez habiles. Le Fils du Roi la mit à la place la plus honorable, et ensuite la prit pour

---

**1.** La paresse des laquais, non moins que des lézards, est alors proverbiale. **2.** « Mettre du passement, du galon, des boutons sur un habit par plusieurs rangs, pour lui servir d'ornement » (F). **3.** La célèbre pantoufle de verre a suscité une polémique quant à sa matière : verre ou vair (de la fourrure) ? Mais le texte est sans équivoque : il s'agit bien d'une pantoufle de verre.

la mener danser : elle dansa avec tant de grâce, qu'on l'admira encore davantage. On apporta une fort belle collation, dont le jeune Prince ne mangea point, tant il était occupé à la considérer. Elle alla s'asseoir auprès de ses sœurs, et leur fit mille honnêtetés : elle leur fit part des oranges et des citrons[1] que le Prince lui avait donnés, ce qui les étonna fort, car elles ne la connaissaient point. Lorsqu'elles causaient ainsi, Cendrillon entendit sonner onze heures trois quarts : elle fit aussitôt une grande révérence à la compagnie, et s'en alla le plus vite qu'elle put. Dès qu'elle fut arrivée, elle alla trouver sa Marraine, et après l'avoir remerciée, elle lui dit qu'elle souhaiterait bien aller encore le lendemain au Bal, parce que le Fils du Roi l'en avait priée. Comme elle était occupée à raconter à sa Marraine tout ce qui s'était passé au Bal, les deux sœurs heurtèrent à la porte ; Cendrillon leur alla ouvrir : « Que vous êtes longtemps à revenir », leur dit-elle en bâillant, en se frottant les yeux et en s'étendant[2] comme si elle n'eût fait que se réveiller ; elle n'avait cependant pas eu envie de dormir depuis qu'elles s'étaient quittées. « Si tu étais venue au Bal, lui dit une de ses sœurs, tu ne t'y serais pas ennuyée : il y est venu la plus belle Princesse, la plus belle qu'on puisse jamais voir ; elle nous a fait mille civilités, elle nous a donné des oranges et des citrons. » Cendrillon ne se sentait pas de joie : elle leur demanda le nom de cette Princesse ; mais elles lui répondirent qu'on ne la connaissait pas, que le Fils du Roi en était fort en peine, et qu'il donnerait toutes choses au monde pour savoir qui elle était. Cendrillon sourit et leur dit : « Elle était donc bien belle ? Mon Dieu que vous êtes heureuses, ne pourrais-je point la voir ? Hélas ! Mademoiselle Javotte, prêtez-moi votre habit jaune que vous mettez tous les jours. – Vraiment, dit Mademoiselle Javotte, je suis de cet avis[3], prêter[4] votre habit à un vilain Cucendron comme cela, il faudrait que je fusse bien folle ! » Cendrillon

---

**1.** Oranges et citrons sont alors des produits de luxe, rares et coûteux. Les célèbres orangeries de Versailles en sont la preuve. **2.** En s'étirant. **3.** Formule de refus brutal. **4.** L'original comporte *prêtez*, qui nous semble fautif.

s'attendait bien à ce refus, et elle en fut bien aise, car elle aurait été grandement embarrassée si sa sœur eût bien voulu lui prêter son habit. Le lendemain les deux sœurs furent au Bal, et Cendrillon aussi, mais encore plus parée que la première fois. Le Fils du Roi fut toujours auprès d'elle, et ne cessa de lui conter des douceurs ; la jeune Demoiselle ne s'ennuyait point, et oublia ce que sa Marraine lui avait recommandé ; de sorte qu'elle entendit sonner le premier coup de minuit, lorsqu'elle ne croyait pas qu'il fût encore onze heures : elle se leva et s'enfuit aussi légèrement qu'aurait fait une biche ; le Prince la suivit, mais il ne put l'attraper ; elle laissa tomber une de ses pantoufles de verre, que le Prince ramassa bien soigneusement. Cendrillon arriva chez elle bien essoufflée, sans carrosse, sans laquais, et avec ses méchants habits, rien ne lui étant resté de toute sa magnificence qu'une[1] de ses petites pantoufles, la pareille de celle qu'elle avait laissé tomber. On demanda aux Gardes de la porte du Palais s'ils n'avaient point vu sortir une Princesse ; ils dirent qu'ils n'avaient vu sortir personne qu'une jeune fille fort mal vêtue, et qui avait plus l'air d'une Paysanne que d'une Demoiselle. Quand ses deux sœurs revinrent du Bal, Cendrillon leur demanda si elles s'étaient encore bien diverties, et si la belle Dame y avait été : elles lui dirent que oui, mais qu'elle s'était enfuie lorsque minuit avait sonné, et si promptement qu'elle avait laissé tomber une de ses petites pantoufles de verre, la plus jolie du monde ; que le fils du Roi l'avait ramassée, et qu'il n'avait fait que la regarder pendant tout le reste du Bal, et qu'assurément il était fort amoureux de la belle personne à qui appartenait la petite pantoufle. Elles dirent vrai, car peu de jours après, le fils du Roi fit publier à son de trompe qu'il épouserait celle dont le pied serait bien juste à la pantoufle. On commença à l'essayer aux Princesses, ensuite aux Duchesses, et à toute la Cour, mais inutilement : on la porta[2] chez les deux sœurs, qui firent tout leur possible pour faire

---

1. Sauf une. De même, dans la phrase suivante, « personne qu'une » a le sens de : personne, sauf une. 2. Le texte indique bien « la porta », et non « l'apporta ».

entrer leur pied dans la pantoufle, mais elles ne purent en venir à bout. Cendrillon qui les regardait, et qui reconnut sa pantoufle, dit en riant : « Que je voie si elle ne me serait pas bonne[1] ? » Ses sœurs se mirent à rire et à se moquer d'elle. Le Gentilhomme qui faisait l'essai de la pantoufle ayant regardé attentivement Cendrillon, et la trouvant fort belle, dit que cela était juste, et qu'il avait ordre de l'essayer à toutes les filles : il fit asseoir Cendrillon, et approchant la pantoufle de son petit pied, il vit qu'elle y entrait sans peine, et qu'elle y était juste comme de cire[2]. L'étonnement des deux sœurs fut grand, mais plus grand encore quand Cendrillon tira de sa poche l'autre petite pantoufle qu'elle mit à son pied. Là-dessus arriva la Marraine, qui ayant donné un coup de sa baguette sur les habits de Cendrillon, les fit devenir encore plus magnifiques que tous les autres.

Alors ses deux sœurs la reconnurent pour la belle personne qu'elles avaient vue au Bal. Elles se jetèrent à ses pieds pour lui demander pardon de tous les mauvais traitements qu'elles lui avaient fait souffrir. Cendrillon les releva, et leur dit en les embrassant qu'elle leur pardonnait de bon cœur, et qu'elle les priait de l'aimer bien toujours. On la mena chez le jeune Prince, parée comme elle était : il la trouva encore plus belle que jamais, et peu de jours après il l'épousa. Cendrillon, qui était aussi bonne que belle, fit loger ses deux sœurs au Palais, et les maria dès le jour même à deux grands Seigneurs de la Cour.

## MORALITÉ

*La beauté pour le sexe est un rare trésor,*
*De l'admirer jamais on ne se lasse ;*
*Mais ce qu'on nomme bonne grâce*
*Est sans prix, et vaut mieux encor.*

---

**1.** C'est-à-dire : « Que je voie si elle ne m'irait pas. » *Bonne* a le sens de « qui convient bien ». **2.** La pantoufle est comme moulée sur le pied de Cendrillon, elle lui va donc parfaitement.

*C'est ce qu'à Cendrillon fit avoir sa Marraine,*
*En la dressant*[1], *en l'instruisant,*
*Tant et si bien qu'elle en fit une Reine :*
*(Car ainsi sur ce Conte on va moralisant).*

*Belles, ce don vaut mieux que d'être bien coiffées,*
*Pour engager un cœur, pour en venir à bout,*
*La bonne grâce est le vrai don des Fées ;*
*Sans elle on ne peut rien, avec elle on peut tout.*

AUTRE MORALITÉ

*C'est sans doute un grand avantage*
*D'avoir de l'esprit, du courage,*
*De la naissance, du bon sens,*
*Et d'autres semblables talents,*
*Qu'on reçoit du Ciel en partage ;*
*Mais vous aurez beau les avoir,*
*Pour votre avancement*[2] *ce seront choses vaines,*
*Si vous n'avez, pour les faire valoir,*
*Ou des parrains ou des marraines.*

**1.** Instruisant, éduquant. **2.** « Ce qui procure quelque avantage à quelqu'un » (F).

# Riquet à la houppe

*Conte*

Il était une fois une Reine qui accoucha d'un fils, si laid et si mal fait qu'on douta longtemps s'il avait forme humaine. Une Fée qui se trouva à sa naissance assura qu'il ne laisserait pas d'être aimable, parce qu'il aurait beaucoup d'esprit ; elle ajouta même qu'il pourrait, en vertu du don qu'elle venait de lui faire, donner autant d'esprit qu'il en aurait à la personne qu'il aimerait le mieux. Tout cela consola un peu la pauvre Reine, qui était bien affligée d'avoir mis au monde un si vilain marmot[1]. Il est vrai que cet enfant ne commença pas plus tôt à parler qu'il dit mille jolies choses, et qu'il avait dans toutes ses actions je ne sais quoi de si spirituel, qu'on en était charmé. J'oubliais de dire qu'il vint au monde avec une petite houppe de cheveux sur la tête, ce qui fit qu'on le nomma Riquet à la houppe, car Riquet était le nom de la famille.

Au bout de sept ou huit ans la Reine d'un Royaume voisin accoucha de deux filles ; la première qui vint au monde était plus belle que le jour : la Reine en fut si aise qu'on appréhenda que la trop grande joie qu'elle en avait ne lui fît mal. La même Fée qui avait assisté à la naissance du petit Riquet à la houppe était présente, et pour modérer la joie de la Reine, elle lui déclara que cette petite Princesse n'aurait point d'esprit, et qu'elle serait aussi stupide qu'elle était

1. À l'origine, un singe. Par extension, « se dit aussi des figures laides et mal faites [...]. On appelle aussi ironiquement des enfants petits marmots, parce qu'ils n'ont pas les traits du visage ni l'esprit encore bien formés » (F).

belle. Cela mortifia beaucoup la Reine ; mais elle eut quelques moments après un bien plus grand chagrin, car la seconde fille dont elle accoucha se trouva extrêmement laide. « Ne vous affligez point tant, Madame, lui dit la Fée ; votre fille sera récompensée[1] d'ailleurs[2], et elle aura tant d'esprit qu'on ne s'apercevra presque pas qu'il lui manque de la beauté. – Dieu le veuille, répondit la Reine, mais n'y aurait-il point moyen de faire avoir un peu d'esprit à l'aînée qui est si belle ? – Je ne puis rien pour elle, Madame, du côté de l'esprit, lui dit la Fée, mais je puis tout du côté de la beauté ; et comme il n'y a rien que je ne veuille faire pour votre satisfaction, je vais lui donner pour don de pouvoir rendre beau ou belle la personne qui lui plaira. » À mesure que ces deux Princesses devinrent grandes, leurs perfections crûrent aussi avec elles, et on ne parlait partout que de la beauté de l'aînée, et de l'esprit de la cadette. Il est vrai aussi que leurs défauts augmentèrent beaucoup avec l'âge. La cadette enlaidissait à vue d'œil, et l'aînée devenait plus stupide de jour en jour. Ou elle ne répondait rien à ce qu'on lui demandait, ou elle disait une sottise. Elle était avec cela si maladroite qu'elle n'eût pu ranger quatre Porcelaines[3] sur le bord d'une cheminée sans en casser une, ni boire un verre d'eau sans en répandre la moitié sur ses habits. Quoique la beauté soit un grand avantage dans une jeune personne, cependant la cadette l'emportait presque toujours sur son aînée dans toutes les Compagnies. D'abord on allait du côté de la plus belle pour la voir et pour l'admirer, mais bientôt après, on allait à celle qui avait le plus d'esprit pour lui entendre dire mille choses agréables ; et on était étonné qu'en moins d'un quart d'heure l'aînée n'avait plus personne auprès d'elle, et que tout le monde s'était rangé autour de la cadette. L'aînée, quoique fort stupide, le remarqua bien,

1. Dédommagée. 2. Par ailleurs, d'un autre côté. 3. Les porcelaines importées d'Orient sont d'autant plus à la mode, au XVII^e^ siècle, que l'Europe ne sait alors fabriquer que la faïence et la porcelaine tendre, mais pas la porcelaine dure dont l'Extrême-Orient détient les secrets de fabrication.

et elle eut donné sans regret toute sa beauté pour avoir la moitié de l'esprit de sa sœur. La Reine, toute sage qu'elle était, ne put s'empêcher plusieurs fois de lui reprocher sa bêtise, ce qui pensa faire mourir de douleur cette pauvre Princesse. Un jour qu'elle s'était retirée dans un bois pour y plaindre son malheur, elle vit venir à elle un petit homme fort laid et fort désagréable, mais vêtu très magnifiquement. C'était le jeune Prince Riquet à la houppe, qui étant devenu amoureux d'elle sur ses Portraits qui couraient par tout le monde, avait quitté le Royaume de son père pour avoir le plaisir de la voir et de lui parler. Ravi de la rencontrer ainsi toute seule, il l'aborde avec tout le respect et toute la politesse imaginable. Ayant remarqué, après lui avoir fait les compliments ordinaires, qu'elle était fort mélancolique, il lui dit : « Je ne comprends point, Madame, comment une personne aussi belle que vous l'êtes peut être aussi triste que vous le paraissez ; car quoique je puisse me vanter d'avoir vu une infinité de belles personnes, je puis dire que je n'en ai jamais vu dont la beauté approche de la vôtre. – Cela vous plaît à dire, Monsieur », lui répondit la Princesse, et en demeure là. « La beauté, reprit Riquet à la houppe, est un si grand avantage qu'il doit tenir lieu de tout le reste ; et quand on le possède, je ne vois pas qu'il y ait rien qui puisse nous affliger beaucoup. – J'aimerais mieux, dit la Princesse, être aussi laide que vous et avoir de l'esprit, que d'avoir de la beauté comme j'en ai, et être bête autant que je le suis. – Il n'y a rien, Madame, qui marque davantage qu'on a de l'esprit que de croire n'en pas avoir, et il est de la nature de ce bien-là, que plus on en a, plus on croit en manquer. – Je ne sais pas cela, dit la Princesse, mais je sais bien que je suis fort bête, et c'est de là que vient le chagrin qui me tue. – Si ce n'est que cela, Madame, qui vous afflige, je puis aisément mettre fin à votre douleur. – Et comment ferez-vous ? dit la Princesse. – J'ai le pouvoir, Madame, dit Riquet à la houppe, de donner de l'esprit autant qu'on en saurait avoir à la personne que je dois aimer le plus ; et comme vous êtes, Madame, cette personne, il ne tiendra qu'à vous que vous n'ayez autant d'esprit qu'on en peut avoir, pourvu que vous vouliez bien m'épouser. » La Princesse demeura toute interdite, et ne répondit rien. « Je vois, reprit Riquet à la houppe, que cette proposition vous fait de la peine, et je ne m'en étonne pas ; mais je vous donne un an tout entier pour vous y résoudre. » La Princesse avait si peu d'esprit, et en même temps une si grande envie d'en avoir, qu'elle s'imagina que la fin de cette année ne viendrait jamais ; de sorte qu'elle accepta la proposition qui lui était faite. Elle n'eut pas plus tôt promis à Riquet à la houppe qu'elle l'épouserait dans un an à pareil jour, qu'elle se sentit tout autre qu'elle n'était auparavant ; elle se trouva une facilité incroyable à dire tout ce qui lui plaisait, et à le dire d'une manière fine, aisée et naturelle ; elle commença dès ce moment une conversation galante[1] et soutenue avec Riquet à la houppe, où elle brilla d'une telle force que Riquet à la houppe crut lui avoir donné plus d'esprit qu'il ne s'en était réservé pour lui-même. Quand elle fut retournée au Palais, toute la Cour ne savait que penser d'un changement si subit et si extraordinaire, car autant qu'on lui avait ouï dire d'impertinences[2] auparavant, autant lui entendait-on dire des choses bien sensées et infiniment spirituelles. Toute la Cour en eut une joie qui ne se peut imaginer, il n'y eut que sa cadette qui n'en fut pas bien aise, parce que n'ayant plus sur son aînée l'avantage de l'esprit, elle ne paraissait plus auprès d'elle qu'une Guenon fort désagréable. Le Roi se conduisait par ses avis, et allait même quelquefois tenir le Conseil[3] dans son Appartement. Le bruit de ce changement s'étant répandu, tous les jeunes Princes des Royaumes voisins firent leurs efforts pour s'en faire aimer, et presque tous la demandèrent en Mariage ; mais elle n'en trouvait point qui eût assez d'esprit, et elle les écoutait tous sans s'engager à pas un d'eux. Cependant il en vint un si puissant, si riche, si spirituel et si bien fait, qu'elle ne put s'empêcher d'avoir

1. La bonne société du XVII^e^ siècle accorde une grande importance à la conversation, idéal mondain théorisé par de nombreux littérateurs et moralistes du temps. 2. « Action ou parole sotte, ou déraisonnable » (F). Ce mot n'a donc pas le sens moderne d'insolence. 3. Le roi tient plusieurs Conseils, notamment le « Conseil d'en haut » : « Conseil où sont traitées les affaires dont le roi veut prendre connaissance en personne » (F).

de la bonne volonté[1] pour lui. Son père s'en étant aperçu lui dit qu'il la faisait la maîtresse sur le choix d'un Époux, et qu'elle n'avait qu'à se déclarer. Comme plus on a d'esprit, et plus on a de peine à prendre une ferme résolution sur cette affaire, elle demanda, après avoir remercié son père, qu'il lui donnât du temps pour y penser. Elle alla par hasard se promener dans le même bois où elle avait trouvé Riquet à la houppe, pour rêver[2] plus commodément à ce qu'elle avait à faire. Dans le temps qu'elle se promenait, rêvant profondément, elle entendit un bruit sourd sous ses pieds, comme de plusieurs personnes qui vont et viennent et qui agissent. Ayant prêté l'oreille plus attentivement, elle ouït que l'un disait : « Apporte-moi cette marmite », l'autre : « Donne-moi cette chaudière », l'autre : « Mets du bois dans ce feu. » La terre s'ouvrit dans le même temps, et elle vit sous ses pieds comme une grande Cuisine pleine de Cuisiniers, de Marmitons et de toutes sortes d'Officiers nécessaires pour faire un festin magnifique. Il en sortit une bande[3] de vingt ou trente Rôtisseurs, qui allèrent se camper dans une allée du bois autour d'une table fort longue, et qui tous, la lardoire[4] à la main et la queue de Renard sur l'oreille, se mirent à travailler en cadence au son d'une Chanson harmonieuse. La Princesse étonnée de ce spectacle, leur demanda pour qui ils travaillaient. « C'est, Madame, lui répondit le plus apparent[5] de la bande, pour le Prince Riquet à la houppe, dont les noces se feront demain. » La Princesse encore plus surprise qu'elle ne l'avait été, et se ressouvenant tout à coup qu'il y avait un an qu'à pareil jour, elle avait promis d'épouser le Prince Riquet à la houppe, elle pensa tomber de son haut[6]. Ce qui faisait qu'elle ne s'en souvenait pas, c'est que quand elle fit cette promesse, elle était une bête, et qu'en prenant le nouvel esprit que le Prince lui avait donné, elle avait oublié toutes ses sottises. Elle n'eut pas fait

1. Bienveillance, inclination envers quelqu'un. 2. « Appliquer sérieusement son esprit à raisonner sur quelque chose, à trouver quelque moyen, quelque invention » (F). 3. À prendre ici au sens d'orchestre, telle la « grande bande » des violons du roi. 4. Ustensile de cuisine permettant de larder la viande. 5. Le plus distingué. 6. Tomber des nues.

trente pas en continuant sa promenade que Riquet à la houppe se présenta à elle, brave[1], magnifique[2], et comme un Prince qui va se marier. « Vous me voyez, dit-il, Madame, exact à tenir ma parole, et je ne doute point que vous ne veniez ici pour exécuter la vôtre, et me rendre, en me donnant la main[3], le plus heureux de tous les hommes. – Je vous avouerai franchement, répondit la Princesse, que je n'ai pas encore pris ma résolution là-dessus, et que je ne crois pas pouvoir jamais la prendre telle que vous la souhaitez. – Vous m'étonnez, Madame, lui dit Riquet à la houppe. – Je le crois, dit la Princesse, et assurément si j'avais affaire à un brutal, à un homme sans esprit, je me trouverais bien embarrassée. "Une Princesse n'a que sa parole, me dirait-il, et il faut que vous m'épousiez, puisque vous me l'avez promis" ; mais comme celui à qui je parle est l'homme du monde qui a le plus d'esprit, je suis sûre qu'il entendra raison. Vous savez que quand je n'étais qu'une bête, je ne pouvais néanmoins me résoudre à vous épouser ; comment voulez-vous qu'ayant l'esprit que vous m'avez donné, qui me rend encore plus difficile en gens que je n'étais, je prenne aujourd'hui une résolution que je n'ai pu prendre dans ce temps-là ? Si vous pensiez tout de bon à m'épouser, vous avez eu grand tort de m'ôter ma bêtise, et de me faire voir plus clair que je ne voyais. – Si[4] un homme sans esprit, répondit Riquet à la houppe, serait bien reçu[5], comme vous venez de le dire, à vous reprocher votre manque de parole, pourquoi voulez-vous, Madame, que je n'en use pas de même, dans une chose où il y va de tout le bonheur de ma vie ? Est-il raisonnable que les personnes qui ont de l'esprit soient d'une pire condition que ceux qui n'en ont pas ? Le pouvez-vous prétendre, vous qui en avez tant, et qui avez tant souhaité d'en avoir ? Mais venons au fait, s'il vous plaît : à la réserve de ma laideur, y a-t-il quelque chose en moi qui vous déplaise, êtes-vous malcontente de ma naissance, de mon esprit, de mon humeur, et de mes manières ?

---

**1.** « Signifie aussi une personne bien vêtue » (F). **2.** « Celui qui est splendide, somptueux » (F). **3.** En m'épousant. **4.** Puisque. **5.** Fondé, justifié.

– Nullement, répondit la Princesse, j'aime en vous tout ce que vous venez de me dire. – Si cela est ainsi, reprit Riquet à la houppe, je vais être heureux, puisque vous pouvez me rendre le plus aimable de tous les hommes. – Comment cela se peut-il faire ? lui dit la Princesse. – Cela se fera, répondit Riquet à la houppe, si vous m'aimez assez pour souhaiter que cela soit ; et afin, Madame, que vous n'en doutiez pas, sachez que la même Fée qui au jour de ma naissance me fit le don de pouvoir rendre spirituelle la personne qu'il me plairait, vous a aussi fait le don de pouvoir rendre beau celui que vous aimerez, et à qui vous voudrez bien faire cette faveur. – Si la chose est ainsi, dit la Princesse, je souhaite de tout mon cœur que vous deveniez le Prince du monde le plus beau et le plus aimable ; et je vous en fais le don autant qu'il est en moi. » La Princesse n'eut pas plus tôt prononcé ces paroles que Riquet à la houppe parut à ses yeux l'homme du monde le plus beau, le mieux fait, et le plus aimable qu'elle eût jamais vu. Quelques-uns assurent que ce ne furent point les charmes de la Fée qui opérèrent, mais que l'amour seul fit cette Métamorphose. Ils disent que la Princesse ayant fait réflexion sur la persévérance de son Amant, sur sa discrétion[1] et sur toutes les bonnes qualités de son âme et de son esprit, ne vit plus la difformité de son corps ni la laideur de son visage, que sa bosse ne lui sembla plus que le bon air d'un homme qui fait le gros dos, et qu'au lieu que jusqu'alors elle l'avait vu boiter effroyablement, elle ne lui trouva plus qu'un certain air penché qui la charmait ; ils disent encore que ses yeux, qui étaient louches, ne lui en parurent que plus brillants, que leur dérèglement passa dans son esprit pour la marque d'un violent excès d'amour, et qu'enfin son gros nez rouge eut pour elle quelque chose de Martial et d'Héroïque. Quoi qu'il en soit, la Princesse lui promit sur-le-champ de l'épouser, pourvu qu'il en obtînt le consentement du Roi son père. Le Roi ayant su que sa fille avait beaucoup d'estime pour Riquet à la houppe, qu'il connaissait d'ailleurs pour un Prince très spirituel et très

**1.** « Prudence, modestie [...]. Signifie aussi, jugement, discernement » (F).

sage, le reçut avec plaisir pour son gendre. Dès le lendemain les noces furent faites, ainsi que Riquet à la houppe l'avait prévu, et selon les ordres qu'il en avait donnés longtemps auparavant.

## MORALITÉ

*Ce que l'on voit dans cet écrit*
*Est moins un conte en l'air que la vérité même ;*
*Tout est beau dans ce que l'on aime,*
*Tout ce qu'on aime a de l'esprit.*

## AUTRE MORALITÉ

*Dans un objet*[1] *où la Nature*
*Aura mis de beaux traits,*
*Et la vive peinture*
*D'un teint où jamais l'Art ne saurait arriver,*
*Tous ces dons pourront moins pour rendre un cœur sensible,*
*Qu'un seul agrément invisible*
*Que l'Amour y fera trouver.*

1. « Se dit aussi poétiquement des belles personnes qui donnent de l'amour » (F). Le terme relève du registre galant.

*Le Petit Poucet*
Gravure de Gustave Doré

# Le Petit Poucet

*Conte*

Il était une fois un Bûcheron et une Bûcheronne qui avaient sept enfants tous Garçons. L'aîné n'avait que dix ans, et le plus jeune n'en avait que sept. On s'étonnera que le Bûcheron ait eu tant d'enfants en si peu de temps ; mais c'est que sa femme allait vite en besogne, et n'en faisait pas moins que deux à la fois. Ils étaient fort pauvres, et leurs sept enfants les incommodaient[1] beaucoup, parce qu'aucun d'eux ne pouvait encore gagner sa vie. Ce qui les chagrinait encore, c'est que le plus jeune était fort délicat et ne disait mot, prenant pour bêtise ce qui était une marque de la bonté de son esprit. Il était fort petit, et quand il vint au monde il n'était guère plus gros que le pouce, ce qui fit que l'on l'appela le Petit Poucet[2]. Ce pauvre enfant était le souffre-douleur de la maison, et on lui donnait toujours le tort. Cependant il était le plus fin et le plus avisé de tous ses frères, et s'il parlait peu, il écoutait beaucoup. Il vint une année très fâcheuse, et la famine fut si grande[3] que ces pauvres gens résolurent de se défaire de leurs enfants. Une fois que ces enfants étaient couchés et que le Bûcheron était auprès du feu avec sa femme, il lui dit, le cœur serré de

---

**1.** « Signifie aussi rendre plus pauvre » (F). **2.** On notera la redondance du nom : le héros est petit comme un « poucet », c'est-à-dire un petit pouce. **3.** La notation traduit la terrible réalité climatique, agricole et donc économique, de la décennie 1690 : l'alternance de pluies diluviennes (en 1692, 1693 et 1697), de grands froids (les hivers 1693-1694, 1694-1695 et 1698) et de sécheresses (en 1694) produit la plus dramatique crise de subsistance du siècle. Les années 1693-1694, en particulier, voient périr de famine et maladies près de 20 % de la population adulte française.

douleur : « Tu vois bien que nous ne pouvons plus nourrir nos enfants : je ne saurais les voir mourir de faim devant mes yeux, et je suis résolu de les mener perdre demain au bois, ce qui sera bien aisé, car tandis qu'ils s'amuseront[1] à fagoter[2], nous n'avons qu'à nous enfuir sans qu'ils nous voient. – Ah ! s'écria la Bûcheronne, pourrais-tu bien toi-même mener perdre tes enfants ? » Son mari avait beau lui représenter leur grande pauvreté, elle ne pouvait y consentir ; elle était pauvre, mais elle était leur mère. Cependant ayant considéré quelle douleur ce lui serait de les voir mourir de faim, elle y consentit, et alla se coucher en pleurant. Le Petit Poucet ouït tout ce qu'ils dirent, car ayant entendu de dedans son lit qu'ils parlaient d'affaires, il s'était levé doucement, et s'était glissé sous l'escabelle[3] de son père pour les écouter sans être vu. Il alla se recoucher et ne dormit point le reste de la nuit, songeant à ce qu'il avait à faire. Il se leva de bon matin et alla au bord d'un ruisseau, où il emplit ses poches de petits cailloux blancs, et ensuite revint à la maison. On partit, et le Petit Poucet ne découvrit rien de tout ce qu'il savait à ses frères. Ils allèrent dans une forêt fort épaisse, où à dix pas de distance on ne se voyait pas l'un l'autre. Le Bûcheron se mit à couper du bois et ses enfants à ramasser des broutilles[4] pour faire des fagots. Le père et la mère, les voyant occupés à travailler, s'éloignèrent d'eux insensiblement, et puis s'enfuirent tout à coup par un petit sentier détourné. Lorsque ces enfants se virent seuls, ils se mirent à crier et à pleurer de toute leur force. Le Petit Poucet les laissait crier, sachant bien par où ils reviendraient à la maison ; car en marchant il avait laissé tomber le long du chemin les petits cailloux blancs qu'il avait dans ses poches. Il leur dit donc : « Ne craignez point, mes frères, mon Père et ma Mère nous ont laissés ici, mais je vous remènerai[5] bien au logis, suivez-moi seulement. » Ils le suivirent, et il les mena jusqu'à leur maison par le même chemin qu'ils

1. S'occuperont à. 2. Mettre du bois en fagots. 3. « Petit siège de bois qui est carré, dont on se servait autrefois pour s'asseoir à table » (F). 4. Menu bois qui sert à faire des fagots. 5. Ramènerai.

étaient venus dans la forêt. Ils n'osèrent d'abord entrer, mais ils se mirent tous contre la porte pour écouter ce que disaient leur Père et leur Mère.

Dans le moment que le Bûcheron et la Bûcheronne arrivèrent chez eux, le Seigneur du Village leur envoya dix écus qu'il leur devait il y avait longtemps, et dont ils n'espéraient plus rien : cela leur redonna la vie, car les pauvres gens mouraient de faim. Le Bûcheron envoya sur l'heure sa femme à la Boucherie. Comme il y avait longtemps qu'elle n'avait mangé, elle acheta trois fois plus de viande qu'il n'en fallait pour le souper de deux personnes. Lorsqu'ils furent rassasiés, la Bûcheronne dit : « Hélas, où sont maintenant nos pauvres enfants ? Ils feraient bonne chère de ce qui nous reste là. Mais aussi, Guillaume[1], c'est toi qui les as voulu perdre, j'avais bien dit que nous nous en repentirions, que font-ils maintenant dans cette Forêt ? Hélas ! mon Dieu, les Loups les ont peut-être déjà mangés ; tu es bien inhumain d'avoir perdu ainsi tes enfants. » Le Bûcheron s'impatienta à la fin, car elle redit plus de vingt fois qu'ils s'en repentiraient et qu'elle l'avait bien dit. Il la menaça de la battre si elle ne se taisait. Ce n'est pas que le Bûcheron ne fût peut-être encore plus fâché que sa femme, mais c'est qu'elle lui rompait la tête, et qu'il était de l'humeur de beaucoup d'autres gens, qui aiment fort les femmes qui disent bien, mais qui trouvent très importunes celles qui ont toujours bien dit. La Bûcheronne était tout en pleurs : « Hélas ! où sont maintenant mes enfants, mes pauvres enfants ? » Elle le dit une fois si haut que les enfants qui étaient à la porte l'ayant entendu, se mirent à crier tous ensemble : « Nous voilà, nous voilà. » Elle courut vite leur ouvrir la porte, et leur dit en les embrassant : « Que je suis aise de vous revoir, mes chers enfants, vous êtes bien las, et vous avez bien faim ; et toi, Pierrot, comme te voilà crotté, viens que je te débarbouille. » Ce Pierrot était son fils aîné qu'elle aimait plus que tous les autres, parce qu'il était un

1. Guillaume est un prénom très répandu. Il revêt parfois des connotations burlesques, comme dans *La Farce de Maître Pierre Pathelin*. Gros Guillaume est, au XVII^e^ siècle, un célèbre acteur de farces.

peu rousseau, et qu'elle était un peu rousse. Ils se mirent à Table, et mangèrent d'un appétit qui faisait plaisir au Père et à la Mère, à qui ils racontèrent la peur qu'ils avaient eue dans la Forêt en parlant presque toujours tous ensemble ; ces bonnes gens étaient ravis de revoir leurs enfants avec eux, et cette joie dura tant que les dix écus durèrent ; mais lorsque l'argent fut dépensé, ils retombèrent dans leur premier chagrin et résolurent de les perdre encore, et pour ne pas manquer leur coup, de les mener bien plus loin que la première fois. Ils ne purent parler de cela si secrètement qu'ils ne fussent entendus par le Petit Poucet, qui fit son compte de sortir d'affaire[1] comme il avait déjà fait ; mais quoiqu'il se fût levé de bon matin pour aller ramasser des petits cailloux, il ne put en venir à bout, car il trouva la porte de la maison fermée à double tour. Il ne savait que faire lorsque la Bûcheronne leur ayant donné à chacun un morceau de pain pour leur déjeuner, il songea qu'il pourrait se servir de son pain au lieu de cailloux en le jetant par miettes le long des chemins où ils passeraient ; il le serra donc dans sa poche. Le Père et la Mère les menèrent dans l'endroit de la Forêt le plus épais et le plus obscur, et dès qu'ils y furent, ils gagnèrent un faux-fuyant[2] et les laissèrent là. Le Petit Poucet ne s'en chagrina pas beaucoup, parce qu'il croyait retrouver aisément son chemin par le moyen de son pain qu'il avait semé partout où il avait passé ; mais il fut bien surpris lorsqu'il ne put en retrouver une seule miette, les Oiseaux étaient venus qui avaient tout mangé. Les voilà donc bien affligés, car plus ils marchaient plus ils s'égaraient, et s'enfonçaient dans la Forêt. La nuit vint, et il s'éleva un grand vent qui leur faisait des peurs épouvantables. Ils croyaient n'entendre de tous côtés que des hurlements de Loups qui venaient à eux pour les manger. Ils n'osaient presque se parler ni tourner la tête. Il survint une grosse pluie qui les perça jusqu'aux os ; ils glissaient à chaque pas et tombaient dans la boue, d'où ils se relevaient tout crottés,

1. Projeta de se tirer d'affaire. 2. « Petit sentier par où on peut se sauver, soit des poursuites de quelqu'un, soit des passages difficiles dans des forêts, marécages, lieux boueux, etc. » (F).

ne sachant que faire de leurs mains. Le petit Poucet grimpa au haut d'un Arbre pour voir s'il ne découvrirait rien ; ayant tourné la tête de tous côtés, il vit une petite lueur comme d'une chandelle, mais qui était bien loin par-delà la Forêt. Il descendit de l'arbre ; et lorsqu'il fut à terre il ne vit plus rien ; cela le désola. Cependant ayant marché quelque temps avec ses frères du côté qu'il avait vu la lumière, il la revit en sortant du Bois. Ils arrivèrent enfin à la maison où était cette chandelle, non sans bien des frayeurs, car souvent ils la perdaient de vue, ce qui leur arrivait toutes les fois qu'ils descendaient dans quelques fonds. Ils heurtèrent à la porte, et une bonne femme vint leur ouvrir. Elle leur demanda ce qu'ils voulaient, le Petit Poucet lui dit qu'ils étaient de pauvres enfants qui s'étaient perdus dans la Forêt, et qui demandaient à coucher par charité. Cette femme les voyant tous si jolis se mit à pleurer, et leur dit : « Hélas ! mes pauvres enfants, où êtes-vous venus ? Savez-vous bien que c'est ici la maison d'un Ogre qui mange les petits enfants ?
– Hélas ! Madame, lui répondit le Petit Poucet, qui tremblait de toute sa force aussi bien que ses frères, que ferons-nous ? Il est bien sûr que les Loups de la Forêt ne manqueront pas de nous manger cette nuit, si vous ne voulez pas nous retirer[1] chez vous. Et cela étant, nous aimons mieux que ce soit Monsieur qui nous mange, peut-être qu'il aura pitié de nous, si vous voulez bien l'en prier. » La femme de l'Ogre, qui crut qu'elle pourrait les cacher à son mari jusqu'au lendemain matin, les laissa entrer et les mena se chauffer auprès d'un bon feu, car il y avait un Mouton tout entier à la broche pour le souper de l'Ogre. Comme ils commençaient à se chauffer, ils entendirent heurter trois ou quatre grands coups à la porte, c'était l'Ogre qui revenait. Aussitôt sa femme les fit cacher sous le lit, et alla ouvrir la porte. L'Ogre demanda d'abord si le souper était prêt et si on avait tiré du vin, et aussitôt se mit à table. Le Mouton était encore tout sanglant, mais il ne lui en sembla que meilleur. Il fleurait[2] à droite et à gauche, disant qu'il sentait la chair fraîche. « Il faut, lui

---

1. Donner retraite, asile. 2. Flairait.

dit sa femme, que ce soit ce Veau que je viens d'habiller[1] que vous sentez. – Je sens la chair fraîche, te dis-je encore une fois, reprit l'Ogre, en regardant sa femme de travers, et il y a ici quelque chose que je n'entends[2] pas. » En disant ces mots, il se leva de Table, et alla droit au lit. « Ah, dit-il, voilà donc comme tu veux me tromper, maudite femme, je ne sais à quoi il tient que je ne te mange aussi ; bien t'en prend d'être une vieille bête. Voilà du Gibier qui me vient bien à propos pour traiter trois Ogres de mes amis qui doivent me venir voir ces jours ici[3]. » Il les tira de dessous le lit l'un après l'autre. Ces pauvres enfants se mirent à genoux en lui demandant pardon, mais ils avaient affaire au plus cruel de tous les Ogres, qui bien loin d'avoir de la pitié les dévorait déjà des yeux, et disait à sa femme que ce serait là de friands morceaux lorsqu'elle leur aurait fait une bonne sauce. Il alla prendre un grand Couteau, et en approchant de ces pauvres enfants, il l'aiguisait sur une longue pierre qu'il tenait à sa main gauche. Il en avait déjà empoigné un, lorsque sa femme lui dit : « Que voulez-vous faire à l'heure qu'il est, n'aurez-vous pas assez de temps demain matin ? – Tais-toi, reprit l'Ogre, ils en seront plus mortifiés[4]. – Mais vous avez encore là tant de viande, reprit sa femme, voilà un Veau, deux Moutons et la moitié d'un Cochon. – Tu as raison, dit l'Ogre, donne-leur bien à souper afin qu'ils ne maigrissent pas, et va les mener coucher. » La bonne femme fut ravie de joie, et leur porta bien à souper, mais ils ne purent manger tant ils étaient saisis de peur. Pour l'Ogre, il se remit à boire, ravi d'avoir de quoi si bien régaler ses Amis. Il but une douzaine de coups plus qu'à l'ordinaire, ce qui lui donna un peu dans la tête, et l'obligea de s'aller coucher.

L'Ogre avait sept filles qui n'étaient encore que des enfants. Ces petites Ogresses avaient toutes le teint fort beau,

---

1. « Est aussi un terme de cuisine et de boucherie, qui se dit de la première préparation qu'on fait aux viandes destinées pour manger » (F).
2. Je ne comprends pas. 3. Ces jours-ci (archaïsme). 4. « Altérer un corps naturel, le rendre plus tendre, plus mou. On mortifie la chair en la frappant avec un bâton, en la laissant à l'air à demi pourrir » (F).

parce qu'elles mangeaient de la chair fraîche comme leur père ; mais elles avaient de petits yeux gris et tout ronds, le nez crochu et une fort grande bouche avec de longues dents fort aiguës et fort éloignées l'une de l'autre. Elles n'étaient pas encore fort méchantes ; mais elles promettaient beaucoup, car elles mordaient déjà les petits enfants pour en sucer le sang. On les avait fait coucher de bonne heure, et elles étaient toutes sept dans un grand lit, ayant chacune une Couronne d'or sur la tête. Il y avait dans la même Chambre un autre lit de la même grandeur ; ce fut dans ce lit que la femme de l'Ogre mit coucher les sept petits garçons, après quoi elle s'alla coucher auprès de son mari. Le Petit Poucet qui avait remarqué que les filles de l'Ogre avaient des Couronnes d'or sur la tête, et qui craignait qu'il ne prît à l'Ogre quelque remords de ne les avoir pas égorgés dès le soir même, se leva vers le milieu de la nuit, et prenant les bonnets de ses frères et le sien, il alla tout doucement les mettre sur la tête des sept filles de l'Ogre, après leur avoir ôté leurs Couronnes d'or qu'il mit sur la tête de ses frères et sur la sienne, afin que l'Ogre les prît pour ses filles, et ses filles pour les garçons qu'il voulait égorger. La chose réussit comme il l'avait pensé ; car l'Ogre s'étant éveillé sur le minuit, eut regret d'avoir différé jusqu'au lendemain ce qu'il pouvait exécuter la veille, il se jeta donc brusquement hors du lit, et prenant son grand Couteau : « Allons voir, dit-il, comment se portent nos petits drôles[1], n'en faisons pas à deux fois. » Il monta donc à tâtons à la Chambre de ses filles et s'approcha du lit où étaient les petits garçons, qui dormaient tous excepté le Petit Poucet, qui eut bien peur lorsqu'il sentit la main de l'Ogre qui lui tâtait la tête, comme il avait tâté celle de tous ses frères. L'Ogre, qui sentit les Couronnes d'or : « Vraiment, dit-il, j'allais faire là un bel ouvrage, je vois bien que je bus trop hier au soir. » Il alla ensuite au lit de ses filles où, ayant senti les petits bonnets des garçons : « Ah, les voilà, dit-il, nos gaillards ! Travaillons hardiment. » En disant ces mots, il coupa sans balancer[2] la gorge à ses sept filles. Fort content de cette expédition, il

1. Nos gaillards, nos garnements. 2. Sans hésiter.

alla se recoucher auprès de sa femme. Aussitôt que le Petit Poucet entendit ronfler l'Ogre, il réveilla ses frères et leur dit de s'habiller promptement et de le suivre. Ils descendirent doucement dans le Jardin, et sautèrent par-dessus les murailles. Ils coururent presque toute la nuit, toujours en tremblant et sans savoir où ils allaient. L'Ogre s'étant éveillé dit à sa femme : « Va-t'en là-haut habiller ces petits drôles d'hier au soir. » L'Ogresse fut fort étonnée de la bonté de son mari, ne se doutant point de la manière qu'il entendait qu'elle les habillât[1], et croyant qu'il lui ordonnait de les aller vêtir, elle monta en haut où elle fut bien surprise lorsqu'elle aperçut ses sept filles égorgées et nageant dans leur sang. Elle commença par s'évanouir (car c'est le premier expédient que trouvent presque toutes les femmes en pareilles rencontres[2]). L'Ogre craignant que sa femme ne fût trop longtemps à faire la besogne dont il l'avait chargée, monta en haut pour lui aider. Il ne fut pas moins étonné que sa femme lorsqu'il vit cet affreux spectacle. « Ah, qu'ai-je fait là ? s'écria-t-il, ils me le paieront, les malheureux, et tout à l'heure[3]. » Il jeta aussitôt une potée[4] d'eau dans le nez de sa femme, et l'ayant fait revenir : « Donne-moi vite mes bottes de sept lieues, lui dit-il, afin que j'aille les attraper. » Il se mit en campagne, et après avoir bien couru loin de tous côtés, enfin il entra dans le chemin où marchaient ces pauvres enfants, qui n'étaient plus qu'à cent pas du logis de leur père. Ils virent l'Ogre qui allait de montagne en montagne, et qui traversait des rivières aussi aisément qu'il aurait fait[5] le moindre ruisseau. Le Petit Poucet, qui vit un Rocher creux proche le lieu où ils étaient, y fit cacher ses six frères et s'y fourra aussi, regardant toujours ce que l'Ogre deviendrait. L'Ogre, qui se trouvait fort las du long chemin qu'il avait fait inutilement (car les bottes de sept lieues fatiguent fort leur homme), voulut se reposer, et par hasard il alla s'asseoir sur la roche où les petits garçons s'étaient cachés. Comme il n'en pouvait plus de fatigue, il

---

**1.** Jeu de mots sur le double sens d'*habiller* : vêtir, mais aussi préparer la viande. **2.** Occasions, circonstances. **3.** Tout de suite. **4.** Le contenu d'un pot. **5.** Sur l'emploi de *fait*, voir note 6, p. 50.

s'endormit après s'être reposé quelque temps, et vint à ronfler si effroyablement que les pauvres enfants n'en eurent pas moins de peur que quand il tenait son grand Couteau pour leur faire couper la gorge. Le Petit Poucet en eut moins de peur, et dit à ses frères de s'enfuir promptement à la maison pendant que l'Ogre dormait bien fort, et qu'ils ne se missent point en peine de lui. Ils crurent son conseil et gagnèrent vite la maison. Le Petit Poucet s'étant approché de l'Ogre lui tira doucement ses bottes, et les mit aussitôt; les bottes étaient fort grandes et fort larges; mais comme elles étaient Fées, elles avaient le don de s'agrandir et de s'apetisser selon la jambe de celui qui les chaussait, de sorte qu'elles se trouvèrent aussi justes à ses pieds et à ses jambes que si elles avaient été faites pour lui. Il alla droit à la maison de l'Ogre où il trouva sa femme qui pleurait auprès de ses filles égorgées. « Votre mari, lui dit le Petit Poucet, est en grand danger, car il a été pris par une troupe de Voleurs qui ont juré de le tuer s'il ne leur donne tout son or et tout son argent. Dans le moment qu'ils lui tenaient le poignard sur la gorge, il m'a aperçu et m'a prié de vous venir avertir de l'état où il est, et de vous dire de me donner tout ce qu'il a vaillant sans en rien retenir, parce qu'autrement ils le tueront sans miséricorde. Comme la chose presse beaucoup, il a voulu que je prisse ses bottes de sept lieues que voilà pour faire diligence, et aussi afin que vous ne croyiez pas que je sois un affronteur[1]. » La bonne femme fort effrayée lui donna aussitôt tout ce qu'elle avait: car cet Ogre ne laissait pas d'être fort bon mari, quoiqu'il mangeât les petits enfants. Le Petit Poucet étant donc chargé de toutes les richesses de l'Ogre s'en revint au logis de son père, où il fut reçu avec bien de la joie.

Il y a bien des gens qui ne demeurent pas d'accord de cette dernière circonstance, et qui prétendent que le Petit Poucet n'a jamais fait ce vol à l'Ogre; qu'à la vérité, il n'avait pas fait conscience[2] de lui prendre ses bottes de sept lieues parce qu'il ne s'en servait que pour courir après les

---

1. Trompeur, imposteur.
2. N'avait pas eu de scrupules.

petits enfants. Ces gens-là assurent le savoir de bonne part[1], et même pour avoir bu et mangé dans la maison du Bûcheron. Ils assurent que lorsque le Petit Poucet eut chaussé les bottes de l'Ogre, il s'en alla à la Cour, où il savait qu'on était fort en peine d'une Armée qui était à deux cents lieues de là, et du succès d'une Bataille qu'on avait donnée[2]. Il alla, disent-ils, trouver le Roi, et lui dit que s'il le souhaitait, il lui rapporterait des nouvelles de l'Armée avant la fin du jour. Le Roi lui promit une grosse somme d'argent s'il en venait à bout. Le Petit Poucet rapporta des nouvelles dès le soir même, et cette première course l'ayant fait connaître, il gagnait tout ce qu'il voulait ; car le Roi le payait parfaitement bien pour porter ses ordres à l'Armée, et une infinité de Dames lui donnaient tout ce qu'il voulait pour avoir des nouvelles de leurs Amants, et ce fut là son plus grand gain. Il se trouvait quelques femmes qui le chargeaient de Lettres pour leurs maris, mais elles le payaient si mal, et cela allait à si peu de chose, qu'il ne daignait mettre en ligne de compte ce qu'il gagnait de ce côté-là. Après avoir fait pendant quelque temps le métier de courrier et y avoir amassé beaucoup de bien, il revint chez son père, où il n'est pas possible d'imaginer la joie qu'on eut de le revoir. Il mit toute sa famille à son aise. Il acheta des Offices de nouvelle création[3] pour son père et pour ses frères ; et par là il les établit tous, et fit parfaitement bien sa Cour en même temps.

---

**1.** De bonne source, de source sûre. **2.** Le conte rejoint l'actualité militaire du règne de Louis XIV, roi de guerre. Victorieux dans les années 1670-1680, le roi subit ensuite d'importantes défaites militaires. En septembre-octobre 1697, Louis XIV signe des traités de paix avec la Hollande, l'Espagne, l'Angleterre et l'Empire. **3.** Les offices sont des emplois ou charges officielles (de chancellerie, finances, justice, etc.) vendues par le pouvoir royal pour assurer des revenus au royaume. Louis XIV les multiplia pour financer les coûteuses guerres de son règne, notamment à partir de 1689. Dans « La Barbe bleue », l'héroïne achète également des offices à ses frères.

## MORALITÉ

*On ne s'afflige point d'avoir beaucoup d'enfants,*
*Quand ils sont tous beaux, bien faits et bien grands,*
*Et d'un extérieur qui brille ;*
*Mais si l'un d'eux est faible ou ne dit mot,*
*On le méprise, on le raille, on le pille*[1]*,*
*Quelquefois cependant c'est ce petit marmot*[2]
*Qui fera le bonheur de toute la famille.*

## FIN

**1.** On le critique, on l'insulte. **2.** Voir note 1, p. 67.

## CHRONOLOGIE

1628 – Naissance à Paris de Charles Perrault, fils de Pierre Perrault, avocat au Parlement de Paris. Il est le dernier d'une famille de sept enfants, dont quatre frères aînés : Jean, avocat, Pierre, haut administrateur, Claude, architecte et médecin, Nicolas, docteur en théologie.

1637 – Entrée au collège de Beauvais. Charles y fait de brillantes études, interrompues vers 1643-1644, mais poursuivies en autodidacte.

1651 – Licence de droit. Reçu avocat, Charles ne plaidera cependant que deux fois.

1653 – Première œuvre publiée, en collaboration avec son frère Claude : *Les Murs de Troie, ou l'Origine du burlesque*.

1654 – Charles devient commis de son frère Pierre, receveur général des Finances de Paris.

1657 – Pierre hérite de la maison de campagne des Perrault. Il y réunit hommes de lettres et artistes.

1659-1661 – Publication de diverses œuvres galantes, composées à partir de 1657 (dialogues, rondeaux, portraits, métamorphoses...). Poèmes de circonstances, odes à la gloire du roi.

1663 – Charles entre au service de Colbert, dont il devient le commis. Il est nommé secrétaire de la « Petite Académie » (future Académie des inscriptions et belles-lettres).

1665 – Charles est nommé premier commis des Bâtiments royaux. Œuvres de circonstance, à la gloire du règne du roi.

1671 – Entrée à l'Académie française.

1672 – Charles est élu chancelier de l'Académie française,

qu'il réforme. Il devient également contrôleur général des Bâtiments de Sa Majesté. – Il épouse la jeune Marie Guichon (elle a dix-neuf ans, lui quarante-quatre). Ils auront quatre enfants, dont trois fils en 1675, 1676 et 1678.

1673 – Charles est réélu chancelier et nommé bibliothécaire de l'Académie française.

1674 – Charles défend le genre moderne de l'opéra contre Racine, défenseur des « Anciens ».

1675 – *Recueil de divers ouvrages en prose et en vers*, réimprimé l'année suivante.

1678 – Naissance de son troisième fils, Pierre, auquel seront attribués les contes en prose. Mort de sa femme. Charles se retrouve veuf avec quatre enfants.

1679 – Charles est nommé membre de la Petite Académie.

1680 – Disgrâce progressive auprès de Colbert, qui « place » son propre fils.

1681 – Charles est élu directeur de l'Académie française.

1683 – Mort de Colbert. Louvois, son successeur, dépossède Perrault de ses charges et pensions, l'exclut de la Petite Académie. Charles publie diverses œuvres religieuses, et se tourne vers l'éducation de ses enfants.

1687 – Lecture à l'Académie française du poème de Perrault, *Le Siècle de Louis le Grand*. Irritation de Boileau, début de la querelle des Anciens et des Modernes.

1688 – Premier tome du *Parallèle des Anciens et des Modernes. Le Siècle de Louis le Grand.*

1690 – Deuxième tome du *Parallèle*.

1691 – Lecture à l'Académie française de *La Marquise de Salusses, ou la Patience de Grisélidis*, édité la même année. Troisième tome du *Parallèle*. Boileau riposte. La bataille continue.

1693 – « Les Souhaits ridicules » paraissent dans *Le Mercure galant*, revue mondaine à la mode.

1694 – Les trois contes en vers de Perrault : « Grisélidis », « Peau-d'Âne » et « Les Souhaits ridicules » paraissent dans diverses éditions, dont la troisième est augmentée de la Préface. – *Satire X* de Boileau contre les femmes. Réponse de Perrault dans l'*Apologie des femmes*. La polémique se poursuit jusqu'à la réconciliation des protagonistes.

1695 – Quatrième réédition des trois contes en vers de Perrault. – Cinq contes en prose calligraphiés dans un manuscrit : « La Belle au bois dormant », « Le Petit Chaperon rouge », « La Barbe bleue », « Le Maître Chat, ou le Chat botté », « Les Fées ».

1696 – « La Belle au bois dormant » paraît dans *Le Mercure galant*, ainsi que dans un recueil collectif. Premier tome des *Hommes illustres qui ont paru en France pendant ce siècle*.

1697 – *Histoires ou Contes du temps passé. Avec des Moralités*. Les contrefaçons hollandaises suivent aussitôt. Quatrième tome du *Parallèle*.

1700 – Mort de Pierre Perrault Darmancour, fils cadet de Perrault, à vingt-deux ans. Second tome des *Hommes illustres*.

1703 – Mort de Charles Perrault, à l'âge de soixante-quinze ans.

# BIBLIOGRAPHIE

## Éditions des *Contes* de Perrault


*Éditions originales*

*Grisélidis, nouvelle. Avec le conte de Peau d'Âne, et celui des Souhaits ridicules*, Paris, Jean-Baptiste Coignard, 1695.

*Contes de ma Mère Loye*, manuscrit de 1695 contenant les cinq premiers contes en prose : « La Belle au bois dormant », « Le Petit Chaperon rouge », « La Barbe bleue », « Le Maître Chat, ou le Chat botté », « Les Fées ».

« La Belle au bois dormant », dans *Le Mercure galant*, février 1696.

*Histoires, ou Contes du temps passé. Avec des Moralités*, Paris, Claude Barbin, 1697, contenant l'intégralité des huit contes en prose.

*Éditions modernes*

*Perrault. Contes*, éd. de Jean-Pierre Collinet, Paris, Gallimard, 1981.

*Perrault. Contes*, éd. de Gilbert Rouger [1967], Paris, Bordas, 1991.

## Études critiques sur les *Contes* de Perrault

### *Les* Contes *de Perrault : études générales*[1]

SORIANO Marc, *Les « Contes » de Perrault. Culture savante et culture populaire*, Paris, Gallimard, 1977.

MOUREY Liliane, *Introduction aux contes de Grimm et de Perrault : histoire, structure, mise en texte des contes*, Paris, Lettres modernes, 1978.

« Charles Perrault », *Europe*, numéro spécial, nov.-déc. 1990.

« Charles Perrault », *Merveilles et contes*, numéro spécial, vol. V, n° 2, déc. 1991.

SIMONSEN Michèle, *Perrault. Contes*, Paris, PUF, 1992.

### *Les* Contes *de Perrault : études particulières*

APOSTOLIDÈS Jean-Marie, « Des choses cachées dans le château de Barbe-bleue », *Merveilles et contes*, numéro spécial sur « Charles Perrault », vol. V, n° 2, déc. 1991, p. 179-199.

CHUPEAU Jacques, « Sur l'équivoque enjouée au Grand Siècle : l'exemple du *Petit Chaperon rouge* de Charles Perrault », *XVII^e^ siècle*, n° 150, janv.-mars 1986, p. 35-42.

FUMAROLI Marc, « Les *Contes* de Perrault, ou l'Éducation de la douceur », dans *La Diplomatie de l'esprit, de Montaigne à La Fontaine*, Paris, Hermann, 1994, p. 441-478 [sur « Les Fées »].

GHEERAERT Tony, « Une allégorie de la civilité : Cendrillon, ou l'Art de plaire à la cour », *XVII^e^ siècle*, n° 208, juil.-sept. 2000, p. 485-499.

GLAUDES Pierre, « "Devine ou je te dévore..." À propos du *Petit Chaperon rouge* de Perrault », *Lendemains*, n° 53, 1989.

MARIN Louis, « À la conquête du pouvoir (Perrault) », dans


1. Pour une bibliographie plus complète, consulter les éditions citées des contes de Perrault, ainsi que l'ouvrage cité de Raymonde Robert, *Le Conte de fées littéraire en France de la fin du XVII^e^ à la fin du XVIII^e^ siècle*, p. 528-533.

*Le récit est un piège*, Paris, Éd. de Minuit, 1978, p. 117-143 [sur « Le Chat botté »].

MÉCHOULAN Éric, « Il n'y a pas de fées, il n'y a que des interprétations : lecture du "Petit Chaperon rouge" », *Papers on French Seventeenth Century Literature*, 1992, vol. XIX, p. 489-500.

SELLIER Philippe, « La Belle au bois dormant », dans *Essais sur l'imaginaire classique*, Paris, Honoré Champion, 2003, p. 73-93.

TROUBETZKOY Wladimir, « De l'art d'accommoder les grands-mères : la Belle et le Chaperon », *Littérature*, n° 24, printemps 1991, p. 29-52.

–, « *Le Poucet* ou le Bonheur des marmots », *Littératures*, n° 23, automne 1990, p. 47-53.

## Le conte de fées au XVII^e^ siècle

ROBERT Raymonde, *Le Conte de fées littéraire en France de la fin du XVII^e^ à la fin du XVIII^e^ siècle*, Paris, Champion, 2002.

## Le conte populaire

BELMONT Nicole, *Poétique du conte. Essai sur le conte de tradition orale*, Gallimard, 1999.

JEAN Georges, *Le Pouvoir des contes*, Paris, Casterman, 1990.

PROPP Vladimir, *Morphologie du conte*, Paris, Éd. du Seuil, 1970.

SIMONSEN Michèle, *Le Conte populaire français*, Paris, PUF, 1985.

## TABLE DES ILLUSTRATIONS



Les illustrations n$^{os}$ 2, 3 et 4 sont extraites des *Contes de Perrault*, dessins par Gustave Doré, préface par P. J. Stahl, Paris, J. Hetzel, 1867.

## TABLE



### HISTOIRES OU CONTES DU TEMPS PASSÉ



### DOSSIER DE L'ŒUVRE

PAPIER À BASE DE FIBRES CERTIFIÉES

Le Livre de Poche s'engage pour l'environnement en réduisant l'empreinte carbone de ses livres. Celle de cet exemplaire est de :
150 g éq. $CO_2$
Rendez-vous sur
www.livredepoche-durable.fr

Composition réalisée par IGS-CP

Achevé d'imprimer en septembre 2015 en Espagne par
CPI
Dépôt légal 1re publication : juin 2004
Édition 12– septembre 2015
LIBRAIRIE GÉNÉRALE FRANÇAISE – 31 rue de Fleurus – 75278 Paris Cedex 06

30/0334/0